BURROUGHS

WAKE-ROBIN

A COLLECTION OF ESSAYS ABOUT THE BIRDS

醒来的森林

[美] 约翰 · 巴勒斯——著
杨佳慧——译

中国 · 武汉

图书在版编目（CIP）数据

醒来的森林：博物图鉴版 /（美）约翰·巴勒斯著；杨佳慧译．-- 武汉：华中科技大学出版社，2018.8（2022.1重印）
（蓝知了）
ISBN 978-7-5680-3997-0
Ⅰ．①醒… Ⅱ．①约… ②杨… Ⅲ．①散文集–美国–现代 Ⅳ．① I712.65

中国版本图书馆 CIP 数据核字 (2018) 第 119921 号

醒来的森林（博物图鉴版） [美] 约翰·巴勒斯 著 杨佳慧 译
Xinglai de Senlin
Bowu Tujianban

策划编辑：刘晚成
责任编辑：林凤瑶
责任校对：李 弋
责任监印：朱 玢
插图整理：刘晚成 王 怡
装帧设计：璞茜设计
出版发行：华中科技大学出版社（中国·武汉） 电话：（027）81321913
武汉市东湖新技术开发区华工科技园 邮编：430223
印 刷：北京兴星伟业印刷有限公司
开 本：710mm × 1000mm 1/16
印 张：14.5
字 数：210 千字
版 次：2018 年 8 月第 1 版 2022 年 1 月第 2 次印刷
定 价：55.00 元

本书若有印装质量问题，请向出版社营销中心调换
全国免费服务热线：400-6679-118 竭诚为您服务

Contents

目 录

Chapter 1

众鸟归来

歌带鹀
song sparrow

在我们北方的气候环境下，春季可以说一直从三月中旬延续到六月中旬。但事实上，至少到六月中旬，春潮仍在继续，直到夏至后，嫩芽和细枝才变得坚硬，长成真正的木材，青草也不再鲜嫩多汁。

这段时期标志着众鸟归来——有一两种比较耐寒的或者半野生的鸟，会在三月就飞回北方，比如歌带鹀和东蓝鸲，而更珍贵也更漂亮的林鸟要到六月才会加入北归的队伍。正如季节的各个阶段绽放特定种类的花，不同阶段也会青睐特定种类的鸟。蒲公英告诉我什么时候去寻找燕子，猪牙花告诉我什么时候去等待棕林鸫。当我发现延龄草开花，我就知道春天来了。在我看来，这种花不仅代表旅鸫的苏醒，因为它已经醒来几周了，更意味着宇宙的苏醒及自然的复苏。

然而，鸟儿的来去或多或少带着些神秘和惊奇。我们清晨出门，还根本没有听见任何鸫鸟和绿鹃[1]的声音；再次出门时，每一棵树上、每一片丛林中便有鸟鸣；而第三次出门时，一切又归于沉寂。谁看见它们来？谁又看见它们离开？

① 又称莺雀。

比如说这只活泼的小冬鹪鹩，在篱笆上蹿来蹿去，时而钻进这

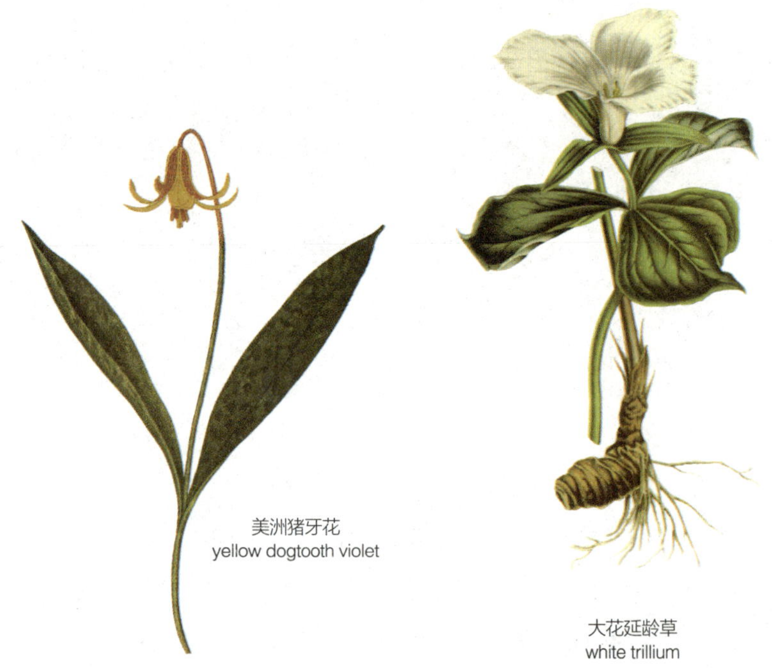

美洲猪牙花
yellow dogtooth violet

大花延龄草
white trillium

边的垃圾堆，时而又跃到几码之外。它是如何凭借自己那对弧形的小翅膀，飞越千山万水，总是如期地到达这里？去年八月，我在阿迪朗达克的深山老林里看见了它，它一如既往地急切而好奇。几周后，我又在波托马克河畔遇见了这只勇敢而好管闲事的小家伙。它是一路轻松地飞过成片丛林与森林来到这里的？还是靠它那结实的小身躯，凭借毅力与勇气，战胜黑夜与严寒，一鼓作气飞行了数百里格[①]？

① 里格（League），长度单位，1 里格约等于 3 英里，即 4.828 千米。

远处那只胸部长着大地色羽毛、背部披着天蓝色霓裳的东蓝鸲——它在那个明媚的三月清晨从天而降，是否为了哀婉地告诉我们：“仔细看看吧，其实春天已经来临？”确实，在众鸟归来的过程中，没有比这只蓝衫小鸟的初次露面，或露面前的私语，更让人好奇、更惹人遐想了。最初，这鸟儿似乎只是天空中一种奇妙的声音：在阳春三月的某个清晨，你听见的鸣叫与欢唱，却说不准它的方向与来源；它就像阳光明媚、万里无云时悄然落下的一滴雨，你翘首盼望着、聆听着，却没有任何结果。风云突变，或许乍暖还寒，一场大雪来临，那么大约一周后我才能再次听见那叫声，没准哪一次我会看到那鸟儿栖息在篱笆桩上，拍打着翅膀，欢快地唤着它的伴侣。现在，它的叫声日渐频繁，鸟的数量也日渐增多，它们飞来飞去，啭鸣中透着更多的自信与欢快。它们的胆子也越来越大，你可以看到它们以一种大胆好奇的神情在谷仓和外屋上方盘旋，往鸽舍和马厩的窗子里窥探，探查有节孔和腐朽的树木，为了找到一个栖身之所。它们向旅鸫和鹪鹩宣战，与燕子争吵，似乎还就是否采用武力强行占领领燕子的泥巴屋的决策而商量了好几天。但随着季节的推移，它们又流落到偏僻的地方——放弃了最初打算实施的征战计划，老老实实地回到偏远而荒凉的原野，在旧居里安顿下来 。

东蓝鸲归来后不久，旅鸫来了。有时在三月，但在大多数的北部州，四月才是旅鸫归来的时节。它们成群结队掠过原野和树丛。你可以听见它们的叫声，在草原中、牧场里、山腰上。行走在林间，你可以听见干枯的树叶随着它们翅膀的扑扇而沙沙作响的声音，空中回荡着它们欢快的歌声。就像有无尽的欢乐与活力，它们跑啊、跳啊、叫啊，在空中追逐嬉戏，忽又向下俯冲，在树林中飞速穿梭。

制糖是人类一项自由而迷人的劳作，半属工作半属玩乐，和新英格兰地区一样，纽约州的许多地方依然保留着这一传统。当人们劳作时，旅鸫常来陪伴。当天气晴朗、大地空旷时，你可以随时随地见到它的身影、听到它的歌声。日落时分，在高高的槭树树顶，它仰头向天，以极度恣意的神情，唱着简单的旋律。就这样栖息在荒凉、沉寂的树林里，脚下的土地潮湿、阴冷，周围的空气寒意犹存，它是全年里最合时宜、最温柔甜蜜的歌者。它的歌声合情合景。那些音符多么圆润纯正，我们的耳朵变得多么贪婪！它的第一声啼鸣打破了冬季的沉闷，使得漫漫冬日成为遥远的记忆。

旅鸫在我们这里属于最土生土长和最大众化的一类。它是家族的一员，比起那些来自异国、身份高贵的候鸟，像圃拟鹂和玫胸白斑翅雀，旅鸫和我们更加亲近。它强壮耐寒，活泼聒噪，爱玩爱闹，温顺友好。它有着本土的习性，翅膀强健，胆识过人，是鸫科的先驱，而作为那些优秀艺术家的使者，旅鸫不辱使命，帮助我们做好了迎接鸫鸟到来的准备。

只在一个方面，我希望旅鸫别那么土气和平庸，即它筑的巢。它的巢用材低劣、泥瓦工程粗糙，其原因既不是其工匠技巧平庸，也不是其作为艺术家的品位低劣。在观察了那边的蜂鸟巢后，我强烈地感到旅鸫在筑巢方面的不足。蜂鸟的巢是因地制宜的杰作，是这种带翅小家伙的最佳住所。巢的主体由一种白色毛毡状物质构成，可能是某种植物的绒毛或某类蠕虫的体毛，用细若游丝般的丝线编织在一起，与布满细密树苔的树枝完美协调。鉴于旅鸫出众的外表和婉转的歌声，我们有理由期待它的住所同样得体优雅，至少也要像东王霸鹟的巢那样清洁美观，毕竟东王霸鹟刺耳的尖叫声与旅鸫夜曲般的歌声相比，就像锅碗瓢盆的撞击声和悠扬的长笛声。相比于圃拟鹂和橙腹拟鹂，我更喜欢旅鸫的歌声与行为。尽管它的巢与前两者相比，一个像半地下式的窝棚，另一个像罗马的别墅。鸟的悬巢具有某种气度和诗意：于一座风中城堡旁边，一处悬在高树细枝上的寓所，不停地随风摇摆。为什么有着翅膀却害怕跌落？为什么将巢址选在顽童够得到的地方？说到底，我们只能归因于旅鸫大众的禀性：它不是贵族，而是人群中的一员，因此对于它的筑巢手艺，我们该期待的是稳固而非高雅。

另一种在四月归来的鸟是灰胸长尾霸鹟——霸鹟科鸟类的先驱，它有时比旅鸫早露面，有时又稍晚，我对它印象深刻。在内陆的农耕区，我曾在复活节前后的某个明媚清晨遇见过它。它站在谷仓或草棚顶上，婀娜多姿，宣告它的到来。到目前为止，或许你只听到过东蓝鸲哀怨思乡的吟唱，或是歌带鹀那微弱的颤音，就在这个时候，灰胸长尾霸鹟用它那清脆欢快、充满自信的歌声宣告它的再次来临，我们的耳朵当然不胜欢喜。在惬意歌唱的间隙，它展开双翅

旅鸫
American robin

在空中画出一个圆或椭圆，表面像是在搜寻昆虫，但我猜测这实际上是它以艺术化的动作方式来或多或少地弥补自己在乐曲表演上的不足。假如说朴素的外表暗示着歌唱的巨大能量，那么灰胸长尾霸鹟在音乐方面的才能应该是无敌的，因为它那灰白色的外衣简直是朴实无华的最佳体现，而且它的体态也完全不能称得上是鸟类中的“完美身材”。然而，它总是如期而至，举止彬彬有礼，这足以弥补它在歌喉与外形方面的不足。几个星期后，灰胸长尾霸鹟就很少见了，只偶尔从桥梁或斜崖下青苔覆盖的巢里出来露上一面。

另一种四月归客是金翼啄木鸟[1]，又名“高洞鸟”、“扑翅鴷”

① 即北扑翅鴷。

和“哑噗鸟”，只比旅鸫晚到一点。不仅在这个季节，秋季也同样如此。它是我童年时期的挚友，其歌声对我来说意义非凡。它来时伴随一声悠长而又洪亮的鸣叫，那声音在某根枯枝或篱桩上一遍遍回荡——一曲旋律优美的四月之声。我想起所罗门王在咏春诗篇里的结尾：“斑鸠的叫声在我们境内到处传荡”[①]，而面对乡间同样美妙的春景，我的赞歌也应以同样的方式结尾——“金翼啄木鸟的鸣唱在林间回响”。

① 选自《圣经·雅歌》。所罗门——以色列最伟大的国王，大卫之子和继承人。他也是一位诗人，写了一千多首诗歌，主要收入《圣经》中的有《雅歌》（*Song of Solomon*）。

那是一种洪亮而浑厚的啼鸣，它似乎并不期待回应，而只是出于喜爱或歌唱的目的。那是北扑翅鴷向世界发布的和平友好宣言。深入研究后，我发现大多数没什么名气的鸣禽，在春季都会发出某种类似歌曲的声响或鸣叫，但是其歌声又并不完全满足美和艺术的要求。如同“闪亮的鸽子身上流转的彩虹更加鲜艳”[②]。这位年轻男子的幻想曲感染了他美丽的表妹，同样清新的气息触动了这些“无声的歌者”，雌鸟们不再沉默，怯怯地张口，吐出这美妙乐章的第一组音节。听，凤头山雀清脆甜美的鸣啭，五子雀[③]轻柔的鼻音，东蓝鸲多情欢快的啁啾，东草地鹨洪亮的长音，山齿鹑的哨音，披肩榛鸡的鼓翼声，燕子的叽喳声，如此种种。就连母鸡都能唱出一曲简单自得的颂歌，在我看来，猫头鹰也有一种让夜晚充满音乐的强烈愿望。春天里的所有鸟儿都是天生的或是潜在的歌唱家，我甚至可以在鸡鸣中找到确凿的证据。槭树的花不如木兰那般显眼，但它确实开花了。

② 选自丁尼生（Alfred Lord Tennyson，1809—1892）的诗《洛克斯利田庄》（*Locksley Hall*）。

③ 即鳾科鳾属鸟。

鲜有作家会去称赞那只司空见惯的小鹀科鸟——棕顶雀鹀的歌声。然而，只要见过它停在路边，以虔诚的态度重复那支圆润美妙的圣歌，任谁都会觉得之前对它太过疏忽。有谁听过暗眼灯草鹀唱歌？它那含混的颤音十分悦耳。早在二月里，我就曾看到它沉醉在自己的歌声中。

美洲凤头山雀
tufted titmouse

就连褐头牛鹂都感受到了这股音乐狂潮，并渴望展现自己，不甘落后。它通常在午前时段，栖在最高的枝丫上，身边妻妾成群——褐头牛鹂社会实行多配偶制，通常有两三只通身灰黑、形态端庄的小淑女陪伴在侧——一声接着一声吐出一串串音符，这些显然费了它很大的体力和心力。从它口中发出的潺潺如流水的声音，带着一种奇特微妙的声响落入聆听者耳际，就像从玻璃瓶中倒水，倒也不乏某种动听的节奏。

啄木鸟对春的诱惑也并非全然无动于衷，而且，和披肩榛鸡一样，它对音乐的鉴赏也依照着一种极为原始的方式。你在三月某个晴朗宁静的清晨穿行于林间，天地间仍弥漫着冬日的肃静与寒气，突然，一阵悠长的啄击声从干枯的树枝或短桩上传来，打破了这种沉寂。这是那只毛茸茸的小家伙在叫春天起床。站在完全的寂静里，在形态刚直僵硬的树林间，我们满心欢喜地倾听着。由于它的啄击声总是在这个时节传入我的耳际，我更宁愿相信它的动机并非出于寻找美食，而是为了呈现一场真正的音乐演出。

因此，不出所料，这只北扑翅鴷会应时节的大势所趋，加入春天的大合唱。而它的四月之声堪称它的绝妙之作，是其音乐才能的最佳表现。

我想起在一大片糖槭林中，有一棵古老的槭树像哨兵一样立在其中，年复一年，用它那已被腐蚀的树干，为一窝窝北扑翅鴷提供避风港。在筑巢正式开始前一两周，几乎每个明媚的早晨都能看到三四只这样的鸟，在槭树的朽枝间嬉戏追逐、谈情求爱。它们栖息在裸露的枝干上，有时你仅能听到一声轻柔的劝慰，或是一阵窃窃私语，然后是一声悠长响亮的呼喊，一只先起头，其余的随即跟上；即刻，又爆发出一阵狂笑声，其中夹杂着此起彼伏的尖叫，仿佛有什么事引得它们乐不可支。这种群体狂欢与喧嚣到底是配对或交尾的庆祝仪式，还是仅仅是一种一年一度重返夏日驻地时都会进行的“暖房”活动？这个问题，我百思不解。

褐头牛鹂
brown-headed cowbird

与大多数亲戚不同，北扑翅鴷更喜欢生活在田野和树林边缘，而不是深林中的秘境。因此，它的谋生方法也和同类的习惯相反，主要依靠从地上捕捉蚂蚁和蟋蟀为生。它不太满足于做一只啄木鸟，因此加入了旅鸫和燕雀的圈子，学着它们的样子放弃树木选择草地，急切地以浆果和谷物充饥。这样生活的结局会如何，是个值得达尔文思考的问题。它选择在地面活动和用脚行走是否会让其腿部变长？以浆果和谷物为食是否会让其羽毛色泽变暗，声音变得柔和？而效仿旅鸫是否也能让它拥有一副甜美的歌喉？

确实，有什么能比近两三百年来鸟类的历史更有趣呢？毫无疑问，人类

北扑翅鴷
northern flicker

的存在给鸟类带来了十分显著且有益的影响，因为它们毕竟是在人类社会中繁殖的。据说在移民定居于加利福尼亚州之前，那里的鸟大多是不会叫的；因此我很怀疑印第安人所听见的棕林鸫的叫声与我们听见的是否一样。在北方遍布草场、南方布满稻田之前，刺歌雀在哪里嬉戏玩乐？那时的它是否和现在一样是个体态轻盈、无忧无虑的美男子？还有鸦鸟、角百灵和金翅雀，这些鸟似乎天生偏爱开阔的原野而嫌弃丛林，我们甚至无法想象它们在没有人烟的广袤荒原上该怎样生存。

言归正传。歌带鹀，作为一种人见人爱的春天的初生物，在四月之前就来了，它简单的鸣啭小调让所有人心生欢喜。

五月是家燕和拟鹂的时节，但是也有许多其他的尊贵来宾。实际上，截至五月的最后一个星期，鸟儿们十有八九都会齐聚于此，只不过家燕与拟鹂是其中最引人注目的。拟鹂身着亮丽的羽衣，活脱脱像一个热带来宾。我看见它们在开花的树丛中穿梭，并且整个上午都能听见它们不停地鸣啭求爱。燕子或是在谷仓周围上下扑腾、叽叽喳喳，或是在檐下忙着筑巢、吱吱刺耳；披肩榛鸡在刚抽芽的幼树丛中鼓翼；东草地鹨悠长轻柔的小调从草甸中传来；日落时分，沼地和池塘里传来雨蛙的万声齐鸣。五月是过渡的月份，它的存在是为了联系四月与六月，联系根与花。

到了六月，万物化育，一派繁荣，我们心满意足，再无所求。最为美好的季节带来最为美好的礼物，鸟儿的歌声和它们的华羽便是其中之一。艺术大师云集于此，旅鸫和歌带鹀不负众望，其他鸫鸟也尽数归来。我手里捧着满满一簇粉色的杜鹃花，坐在路边随意看见的一块岩石上，静静聆听它们的歌声。据我观察，杜鹃要到六月份才会归来，金翅雀、东王霸鹟和猩红丽唐纳雀也是不到六月不会出现的。草甸上，刺歌雀尽显荣光；高山牧场上，栗肩雀鹀吟唱着轻快活泼的晚祷诗；树林向各类鸫鸟张开臂膀，接纳它们演奏的所有乐章。

杜鹃是我们的森林中最为孤僻的鸟类之一，同时又出奇的温顺安静，似乎对一切都无动于衷，就仿佛它的心头永远压着一件沉甸甸的往事。它的啼鸣就像一个迷惘走神的生灵所发出的声音，而在农人耳中则成了雨水的先兆。在这一片欢快甜美的歌声中，我却偏爱这似能洞察人心的奇特鸟鸣。那声音自四分之一英里外的森林深处传来，有一种不同寻常的怪异和冷静。华兹华斯赞美欧洲杜鹃的诗句也很适合我们这里的杜鹃鸟：

啊，欢乐的客人，我听见了
听见了你的歌声，我真欢欣。
啊，杜鹃，我该称你做鸟儿呢，
还只称你为飘荡的声音？
当我躺在草场上，
听到你那重叠的声音，
似乎从这山传过那山，

美洲金翅雀
American goldfinch

一会儿远，一会儿近。

……

十二分的欢迎你，春天的宠儿，

对于我你不是鸟儿，

你只是一个看不见的东西，

一个声音，一个谜。[1]

[1] 选自威廉·华兹华斯（William Wordsworth，1770—1850）的《致杜鹃》（*To the Cuckoo*），邵魏西译。

我生活的这一带只有黑嘴美洲鹃这一个种类，黄嘴美洲鹃多分布在更南一些的地方。二者的鸣叫几乎一致。前者的叫声有时像火鸡，后者的叫声或许可以这样表达：咕，咕，咕——咕，咕——咕。

黄嘴美洲鹃通常会在一棵树上落定，仔细搜查每一根树枝，直到捉尽所有的虫子。它栖在一根细枝上，以一种古怪的姿势左顾右盼，检查周围的枝叶，一旦发现了猎物，就扑腾着翅膀扑向它。

六月里，黑嘴美洲鹃会在果园和花园里巡查一番，尽情享用春尺蠖。此时的它是天底下最温顺的鸟儿之一，能够允许你进入它周围几码之内。我有一次甚至离它只有几英尺远，似乎也没有引起它的恐慌或疑心。它单纯得很，或者说是对外界完全漠不关心。

这只杜鹃的羽衣呈油亮的褐色，这种颜色的美与我知道的所有中性色调相比，都是独一无二的。其羽翼的紧致与精细也非寻常俗物可比。

尽管在体型和颜色上有所差异，黑嘴美洲鹃这种生物所具有的一些特性还是会让人联想到旅鸽。眼部的红圈、头部的形状，以及起落时的动作，无一不显示出那种相像，但是论及飞翔时的优雅姿态和速度，它就远不及旅鸽了。与

黑嘴美洲鹃
black-billed cuckoo

荷花木兰
southern magnolia

褐弯嘴嘲鸫一样，它的尾翼过长，看起来极不协调，但是它在林中飞行时极为安静，与旅鸫或鸽子明显的扑腾声形成强烈的对比。

你听过栗肩雀鹀的歌声吗？如果你曾在有着宽阔的高地牧场的乡村生活过，那你几乎不会错过它。威尔逊[①]称它为“草雀”，我觉得这显然是因为他从未领略过田雀鹀歌声的魅力。它的尾部两侧各有一根白色的侧羽，而当你走在田间时，它总爱在你前方几码的地方潜行。凭借这两点，就足以辨出它。如果你要寻它，不要去草地或者果园，要往那微风习习的高地牧场上去。日落后，众鸟归于沉寂，它的歌声就显得最为清晰，因此它被极恰当地称为“黄昏雀”。黄昏时分，赶着牲畜从田间归来的农人便总能听见它最甜美的曲调。它的歌声不像歌带鹀那般清脆多变，反倒更轻柔也更奔放，更甜美也更哀婉。将歌带鹀曲调中最精华的部分与栗肩雀鹀甜蜜的颤音相结合，这便是那朴实无华的牧场诗人——“黄昏雀”的晚歌。在暮色中，走上宽阔平坦、牛羊成群的高地，寻一块尚有余温的干净石头坐下，聆听它的歌唱。歌声从牛羊正在啃食的矮草丛中升起，无论远近，回荡四方。开头是三两声悦耳的长音，宁静平和，最终以一阵渐弱的颤音结束，这便构成了一支单曲。通常你只能捕捉到一两个音节，因为微弱的部分都随清风飘散了。多么淡泊、平静、自然的旋律！它是自然界中最独特的声音之一！青草、石块、残茬、犁沟、安静的牧群以及群山之间温暖的暮光，所有的一切都透过这歌声微妙地传达出来了，这就是它们的成就。

① 亚历山大·威尔逊（Alexander Wilson，1766—1813），苏格兰裔美国自然主义者，被自然学家称为“美国鸟类学之父”，著有《美国鸟类学》。

雌栗肩雀鹀在开阔地带搭了一个简朴的鸟巢，没有用太多灌木、蓟或草丛做遮掩或标记；它可能被你不经意地一脚踩中，也可能被牛群直接踏平。不过我猜想，栗肩雀鹀对此等危险的担忧要比另一种危险来得少。雀类小鸟非常清楚，臭鼬和狐狸有着一种蛮横无理的好奇心。无论是河岸、树篱或丛生的草蓟，一切可能为老鼠或小鸟提供保护或遮挡的东西，都会被这些狡猾的无赖搜个遍。毫无疑问，披肩榛鸡也有着相同的顾虑。因为它也和栗肩雀鹀一样，将巢筑在开阔、无防护的地方，避免一切地表上的遮掩物——它从盘根错节、几乎密不透风的森林搬到开阔整洁的小树林，因为在这里它可以掌控所有路径，能轻松自由地飞向四面八方。

另一种鲜为人知却深受我喜爱的鹀鸟是林雀，鸟类学家常称其为“田雀鹀”。其大小形态与棕顶雀鹀相仿，但没有那么明显的斑纹，羽色偏暗红。它偏爱石南丛生的偏僻荒野，在那里，它的歌声堪称是最悦耳的一种。它的嗓音十分引人注目，尤其是在初春时节。我还记得那个清朗的四月天，我正坐在还未长出新叶的树林里，一只这样的鸟就在离我几杆远的地方开始歌唱，一首接着一首，唱了近一小时。那真是绝妙的林中乐曲，而且因为是在如此空旷辽阔的寂静之中歌唱，那声音显得更加清亮悦耳。那歌就像这样的词句：“飞哦，飞哦，飞哦，飞呀，飞呀，飞呀，飞飞飞。”刚开始是悠扬的高音，然后急转而下，变为低沉柔和的尾声。

尤其值得一提的是仍然属于未被认识领域的白眼莺雀。这种鸟的嗓音并非特别柔和甜美，反倒有些生硬刺耳，就像靛彩鹀和圃拟鹂的叫声；但说到明快、健谈、演技和模仿能力，北方的任何一种鸟都难以与之媲美。它平日里的叫声有力而响亮，但如前面所述，并不十分悦耳；就像是在说“岂可——啊啦——岂可”，一边叫一边将自己藏在低矮茂密的灌木丛里，躲避你最机警的搜寻，仿佛在和你玩游戏。但是在七八月，如果你与林中诸神相处融洽，那么将有幸见识到一场极为罕见且极具艺术性的表演。这场表演给你的第一印象可能会让你以为那丛杜鹃花或那簇蓝莓里藏着三四位不同的歌手，个个都想争当领唱。实际上，这样一首混杂的合唱，包括了来自田野和森林的半数歌手，演唱得极为清亮而且紧凑，我确信你只有在纯种小嘲鸫的聚居地才有可能领略到那萦绕心头的歌声。即使不是完全的、精准的复制，那里面至少也有像极了旅鸫、鹪鹩、灰嘲鸫、北扑翅鴷、金翅雀和歌带鹀叫声的音符。对歌带鹀那种“噼噗、

田雀鹀
field sparrow

噼噗”的叫声模仿得如此逼真，我敢肯定连歌带鸦自己都会信以为真；而且整个演唱过程是如此的紧凑，好像做出一段曲调的尾音动作必得同时发出下一段曲调的起始音符才行。这样产生的效果极为丰富，在我听来也是完全独一无二的。与此同时，尽管表演者十分谨慎地隐藏自己的踪迹，但是它的歌声里有一种有意识的气息，给我一种它已经知道我的到来、知道自己已赢得关注的讯息。那显然是一支骄傲、欢乐，偶尔又带着诙谐的、打趣的调子。我相信只会在极少的情况下，只有当它确信听众是它的拥趸时，才会以这种方式演奏。如果你要寻它，就不要去高树上或密林中了，要在蚊蚋密集的湿地周围，找那些低矮茂密的灌木丛。

冬鹪鹩是另一种非凡的歌者，每当提及这位，我都很难不用盛赞的言辞。它不像白眼莺雀那样深谙自己的力量并且追求卓越的效果，但听见它的歌声带给你的震撼和喜悦相较后者丝毫不逊色。它继承了鹪鹩歌唱时众所周知的流畅与丰富，除此之外，它的歌声还具有极少与这两种特征相结合的一种狂野、甜美又极富节奏感的抑扬顿挫，让人着迷不已。难以忘记那个美妙的六月天，我漫步于一片低矮而又古老的铁杉林中，如教堂长廊般静谧的林间道上，凉爽与清新似乎是永恒的状态。突然，一阵急促、奔放的曲调打破了宁静，那声音带着一种狂野的、森林所特有的哀婉气息，竟让我听得呆住了。那位小小的吟游诗人如此腼腆羞涩，我两次入林搜寻，才终于确定是谁在歌唱。夏日里，它属于隐蔽在北方深林中的那类鸟，就像带斑点的加拿大威森莺和隐夜鸫，只有幸运的人才能听见它的歌声。

植物在某一特定地域内的分布和鸟类的分布一样清晰显著。给植物学家指定一方山水，他会告诉你该去哪里找杓兰、耧斗菜或圆叶风铃草。同样的道理，鸟类学家也会指引你该去哪里找莺雀、田雀鹀或东唧鹀。在同一纬度、同处内陆但地质构成和林木种类不同的相邻地区，你会发现截然不同的鸟类。在长着山毛榉和糖槭的地区，我找不到那些我所熟知的在栎树、栗树和山月桂茂盛的地区会有的鸣禽。从一处老红砂岩地区走到我所在的这片古老的深成岩地区，

1-3 冬鹪鹩
winter wren

4 岩鹪鹩
rock wren

沼泽山月桂
bog laurel

北美山毛榉
American beech

相距不到五十英里，在林中我便再也找不到棕夜鸫、隐夜鸫、栗胁林莺、黑喉蓝林莺、黑喉绿林莺、纹胸林莺等别的鸟类，取而代之的是棕林鸫、东唧鹀、橙尾鸲莺、黄喉地莺、黄喉莺雀、白眼莺雀、山齿鹑和哀鸽。

在我居住的高地，鸟类的分布十分鲜明。我总是可以在村子的南面发现某种鸟，在北面却发现另外一种。在一处长满杜鹃花和蓝莓的地方，我总能找到黑枕威森莺，却也只这一处。在茂密的山胡椒、金缕梅和桤木丛中，我遇见了食虫莺。七月里，我常去一处偏僻的林间空地，那里长满了石南及蕨类植物，还零零散散冒出一棵栗树或栎树，我在那里听林雀歌唱。回家的途中有一片布满残枝的浅水塘，在那里我总能发现白眉灶莺。

在我生活的区域里，只有一个地方似乎可以吸引所有的鸟类，在那里，你几乎可以观察到本州的所有鸟类。那是一处岩石地带，很久以前曾被开垦过，但现在又快速地退化回自然的、野生和随意的状态，呈现出一种半开垦半荒野的景象，深得鸟类和顽童的喜爱。它的两侧一边是村庄，一边是公路，在多处与马车石路相交，同时又有通向四面八方的小道与岔路，平日里总能在此看见来来往往的士兵、劳工和逃学的孩子。由于这里远远地躲开了斧头和钩刀的砍伐，那一排排随意生长的圆柏、山月桂和黑莓，竟仿佛和远处的山林融合呼应。这片土地主要被圆柏和栗树覆盖，许多地方还长着石南和悬钩子灌木丛。不过，其主要的特征在于中心地带那茂盛的植物，有山茱萸、鹅耳枥、黑梣[①]、桤木、山胡椒、榛树等，菝葜和霜葡萄[②]密密麻麻布成了一张网。一条作为远处沼泽排涝渠道的小溪从这片盘根错杂的树林中蜿蜒流出，即便不能说是它灌溉滋养了整片树林，也可以认为它造就了这里大部分的特征和物产。那些不为石南、圆柏或栗树所吸引的鸟，肯定能找到理由造访树林中央的这块混杂林。大多数常见的鸟类群集于这片旷野，我也在这见到过许多珍稀品种的鸟，比如大冠蝇霸鹟、蓝头莺雀、蓝翅虫森莺、食虫莺、狐色雀鹀等。由于临近村庄，这里没有捕食鸟类的天敌，而且蝇虫数量繁多，是一处不用担心鹰的袭击、各种爱好和平的鸟类都可以轻松飞过的圣地，颇受鸟类喜爱。

不过，在所有这些旅鸫、霸鹟和莺鸟当中，最大的荣光当属棕林鸫。除了旅鸫和灰嘲鸫，就属它的数量最多，每一块岩石上、每一丛灌木中都有它的身影。当它在五月份第一次露面时还有些羞涩矜持，但还没到六月底，它便变得温顺熟络，不是在你头顶的树上，

① 原文 swamp-ash 可以指加州梣（*Fraxinus caroliniana*）、美国红梣（*Fraxinus pennsylvanica*）、黑梣（*Fraxinus nigra*）等梣树。此处翻译取黑梣。

② 原文 frost-grape 可以指霜葡萄（*Vitis vulpina*）、河岸葡萄（*Vitis riparia*）等。此处翻译取霜葡萄。

就是在离你几步之遥的岩石上唱歌。附近有一座很大的凉亭，一对棕林鸫甚至在距凉亭游廊只有十一二英尺的地方筑巢育儿。不过当游客陆续到来，游廊上挤满了兴高采烈的人群时，我注意到鸟妈妈的举止间透出某种恐惧与不安。它不动声色地坐在那里，按照往常的习惯，就这么安静地长时间坐在离它的宝贝幼鸟几英尺的地方，好像这只可爱的小东西已经下定决心，要尽可能避免引起人们的注意。

如果以旋律的优美程度来检验，棕林鸫、隐夜鸫和棕夜鸫毋庸置疑地在众多鸣禽中名列前茅。

小嘲鸫无疑拥有最广阔的音域和最全面的演唱技巧，每次演唱总能给听众带来全新的体验，但它终归只是一个模仿者，永远达不到隐夜鸫歌声中所饱含的澄澈之美和崇高境界。每当我听到小嘲鸫的歌声时，最能确切表述当时心情的词是“敬佩”，尽管起初觉得惊讶，会提出质疑。那么多丰富多变的音符都出自同一副嗓子，这真是个奇迹，我们在看它表演时的心情类似于我们观看运动员或体操选手惊人技艺时的心情——但仅此而已，尽管许多模仿的音调完全再现了原唱者音调的清新与甜美。与之相比，那些鸫鸟的歌声所激发的情感属于一种更高的境界，源自于我们对这个世界的美与和谐最深层的感知。

对于受到的一切赞美，棕林鸫可谓当之无愧，甚至可以说远不够。鉴于其欣赏者的数量，它的亲戚及对手——隐夜鸫受到的冷遇实在让人大吃一惊。两位伟大的鸟类学家威尔逊和奥杜邦[1]都对前者赞赏有加，但对后者的歌喉却甚

大冠蝇霸鹟
great crested flycatcher

少或从无评论。奥杜邦称其歌声有时还算悦耳，但显然他从未听过。相较于他，纳托尔[2]显得更具辨识力，给予了隐夜鸫一个更为公正的评价。

隐夜鸫是一种相当罕见的鸟，生性羞涩，习惯独居，生活在中

隐夜鸫
hermit thrush

① 约翰·詹姆斯·奥杜邦（John James Audubon, 1785—1851），美国著名画家、博物学家，他绘制的鸟类图鉴被称作“美国国宝”，著有《美洲鸟类》《美洲的四足动物》等。

② 托马斯·纳托尔（Thomas Nuttall, 1786—1859），英国著名植物学家和动物学家。

东部各州。鸣啭的季节里，它们只会躲在幽深荒僻的森林中，而且通常是那些位于湿地和沼泽地带的森林。正因如此，阿迪郎达克山区的人称之为“沼地天使”。由于它是这样一位遁世者，因此人们普遍对它不甚了解也说得过去。

它的歌声与棕林鸫的极其相似，因此即使是十分仔细敏锐的观察者也很容易将两者混淆。但如果同时听两者歌唱，差别就很明显了：隐夜鸫的歌声音调更高，也更自然神圣。它的乐器是一只银号，躲在最隐秘的地方吹奏。棕林鸫的歌声则更为柔美悠然，其歌声听起来像是出自某种稀有的管弦乐器。一般人认为，如果棕林鸫愿意尽情释放自己，或许它的音域会更宽、声音会更有力。但总体来讲，相比于隐夜鸫纯净、平和、圣歌般的歌声，棕林鸫还是稍逊一筹。

不过，只听过棕林鸫歌声的人或许会认为它才是个中翘楚。棕林鸫确实堪称皇室音乐家，而且鉴于它在整个大西洋沿岸地区的广泛分布，或许相比于其他鸟类，它对我们平时听到的林间旋律贡献更多。你可能会提出异议，认为它的调音时间过长，可正是它随意不定的调试才显示了其难得的音域和力度。

在我认识的鸣禽中，除了金丝雀，它是唯一一种能在发挥自己音乐天赋时对不同音阶运用自如的鸟儿。不久前的一个周日，我和同伴正漫步于一个挨着树林的果园，就听到了一只棕林鸫在歌唱，它的歌声显而易见地胜过了所有对手，就连我那平常对此类事情反应迟钝的同伴也讶异地发现了它，我们不约而同地停下脚步倾听这位罕见的歌者的演唱。如果说它在音质方面没什么稀奇的话，那么在音符数量上就非比寻常了。音符简直如潮水一般涌出，滔滔不绝！前奏如此悠长、急速、震撼人心！如此突然而又狂喜的序曲，就连最迟钝的耳朵也会为之陶醉，它的确是一位无可匹敌的大师级艺术家。之后我又听了两次，才意识到那声音出自同一位歌者。

棕林鸫是鸫鸟家族中最俊俏的一种。就仪态的优雅精致而言，它鲜有对手。带着一种文雅、高贵的气质，飞行和移动时的那种沉着与自如更是无法效仿！它的一言一行皆如诗般优雅，举手投足的情态在人们眼中都是美的享受。就连捉甲虫，或是从泥巴里衔出一条小虫子这样最普通的动作，由它做起来都仿佛

棕林鸫
wood thrush
大花四照花
flowering dogwood

是说出一条智言妙语般赏心悦目。它是否是古时的王子？是否转世时依旧保留了王室的优雅与风采？多么匀称的体形！羽衣色彩朴素却又浓烈——背部是明亮的赤褐色，胸部是纯净的白色，带着点点清晰的心形斑点。人们对别的鸟或许都有微词：他们厌恶旅鸫，认为它聒噪又爱表现，嫌它在林中横冲直撞或一边怒号着一边飞上枝梢，带着粗鄙的疑心扑扇翅膀；认为褐弯嘴嘲鸫，像个罪犯似的鬼鬼祟祟，躲在茂盛的桤树林间；认为灰嘲鸫不仅好卖弄风情，还是个长舌妇；而东唧鹀就像日本人，冷漠地窥视你的一举一动。但棕林鸫身上毫无这些低级庸俗的毛病，它或者毫无疑心地向我致意，或者像贵族般与我保持距离——如果我保持安静且不过分展露好奇，它还会优雅地跳上前，像是想向我致敬或者与我交朋友。我曾经从它的巢下经过，离它的妻儿仅数英尺，它坐在邻近的树枝上目光犀利地盯着我，但是并没有开口；可是当我举起手，伸向它那毫无防备的家园时，它怒气滔天，那样子甚是好看。

它拥有多么骄人的傲气啊！不久前的十月，我连续好几天都在旁边的一处密林中看见一只棕林鸫，那个时候它的伴侣和同伴早已南飞多时了。它悄无声息地跳来跳去，表情严肃，一言不发，似乎因违反了某些荣誉原则而在忏悔。经过多次小心翼翼地迂回靠近，我才发现它的尾羽还有部分尚未长好。想必这位森林王子是无法容忍自己以此窘态回朝的，于是选择在萧萧的落叶和凄冷的秋雨中，耐心地等待自己的良机。

棕夜鸫轻柔圆润的笛音在森林合奏曲中的作用相当于栗肩雀鹀在田野大合唱中的作用。它和夜莺一样习惯在黄昏时唱歌，事实上所有的鸫鸟都有这一习惯。在六月一个温暖的黄昏，出门去林中散步，在距树林还有五十杆远的地方，就能听到它们轻柔的、还带着回音的鸣啭，十几副嗓子同时发出的声音甚是洪亮。

那是你听过的音乐中最为简单的一种——简单得像一条几何曲线，它带给人的喜悦来自于其包含的纯粹的和谐与美，而非任何新奇或怪诞的变调，这也就与刺歌雀那种欢快而吵闹的鸣禽形成了鲜明对比。那些鸟能使人愉悦，主要是因为它们银铃般的嗓音、语言及发音上的优秀，以及表演者自身显而易见的自负与欢乐。

对于灰嘲鸫，我完全分不清自己究竟是喜欢多一点还是气恼多一点。可能因为它实在太过普通，而且在大合唱里又表现得太过张扬。假如你正努力从合唱中辨识另一种鸟的声音，它一定会立即放声高歌，成为声音最响、脱音最长、淹没其他一切声响的那个；如果你只是想静静地坐下来以便仔细观察你喜爱的或者新遇见的鸟，它依旧不会让你如愿，它的好奇心大得无边无际，会从各种角度审视你、嘲讽你。不过我不会因此而忽略它，我只是将它稍微降格，让它别那么惹眼而已。

它是森林中的游吟诗人，歌声中总藏着一种淘气的、戏谑的、半嘲讽的调子，

灰嘲鸫
gray catbird

仿佛在有意模仿并扰乱某些令它嫉妒的鸣禽。虽然它在唱歌方面很有抱负，私下里还反复排练，但它似乎是林中的游吟诗人中最缺乏真心实意的一位，就好像它学音乐只是为了追求时髦，或者是为了不输给旅鸫和鸫鸟。换句话说，它唱歌似乎是源于某种外部动机，而不是因为内心的喜悦。它是个不错的韵文诗人，却称不上一位伟大的诗人。它的表演活泼、欢快且内容丰富，不乏精彩之处，但缺乏突出的、宁静的旋律，如同梭罗笔下的松鼠，总得有个观众捧场。

然而，它的歌声里确有某种优雅气质，就像尘世中一位家教优良的小姐吐出的连珠妙语，值得赞赏。它的母性本能同样十分强烈，那个用枯枝干草搭建起来的简易小巢是它忧心的重点。不久前，我闲步于林间，忽然被一阵惊恐、痛苦的哭喊声吸引了，那声音从一处周围长满了茂密的香叶蔷薇、悬钩子和常青菝葜的沼泽地里传来，暗示着某种可怕的灾难正威胁着我那身着素衣的吟游诗人。我试图弄出一条通道一探究竟，未果。为此我只得脱下衣帽，避免衣物表面被荆棘和悬钩子勾住，这才走了进去。站在一块一平方码的土地上，我环顾四周，发现自己正在观看一幕既恶心又刺激的场景。距我三四码开外有一个鸟巢，鸟巢的下方盘踞着一条身披长长的花彩条纹外套的大黑蛇；而一只长到成鸟体型三分之二的幼鸟，正在大黑蛇那张开的大口中一点一点地消失。大黑蛇似乎并没有留意到我的存在，于是我得以静静地观看整个过程。大黑蛇用自己那张灵活的大嘴慢慢地、一点点地包裹住整只鸟；大黑蛇将头放平，脖子蠕动着、鼓胀着，接着光滑的身体起伏了两三下，便用餐完毕了。然后，大黑蛇小心翼翼地抬起身子，嘴里吐着泛着红光的信子，弓着身子爬向鸟巢，伴随着起伏轻微的动作，检查鸟巢内部。我无法想象，对于毫无防备的这一大家子而言，还有什么比自家小巢上方突然出现这一天敌的头颈来得更为可怕，我想这情景足以使它们血管中的血液凝固。大黑蛇并未在巢内找到它的搜寻目标，于是便滑到低处的一根树枝上，开始向其他方向扩展它的搜索。它偷偷摸摸地在枝丫间游走，一心想要抓住那只雏鸟的父母。在这片通常被认为只有鸟类和松鼠才能游刃有余活动的地方，一个无腿无翼的生物竟能如鱼得水，行动如此

香悬钩子
purple-flowered raspberry

香叶蔷薇
sweetbriar rose

轻松敏捷；一会儿抬身，一会儿俯身，从柔软的树枝间蹿出，以不可思议的速度纵横游蹿于整片茂密的灌木丛，这着实让人惊讶。这场景使人联想起那个最古老的神话，想起伊甸园中的诱惑者和“我们一切苦难的根源”，不由想知道眼前这一恶魔是否又正在人类面前玩弄他的恶作剧。称它为蛇或魔鬼都无关紧要，只是我无法不赞叹它那惊人的恐怖美：黑又亮的褶皱，轻松自如的游移，高昂的头，闪亮的眼，如火般闪烁的信子，还有那令它如有双翼般令人无法察觉的移动方式。

与此同时，雏鸟的父母不停地发出痛苦万分的啼叫，时不时愤怒地向这个追捕者扑打翅膀，像是不解气般，竟用喙与爪子啄扯它的尾巴。遭此攻击，蛇突然弓身让身体重叠，顺势向后完成了一次战略性攻击。起初，这次攻击几乎使得它的对手动弹不得且受制于它。但实际并非如此，还没等它咬上那垂涎已久的猎物，那只雌鸟便已死命挣脱，飞到一处较高的树枝上去了。雌鸟看起来显然已经虚脱，不住地哀啼着。大黑蛇远近闻名的震慑力这次没起到什么作用，不过倘若是一只较为弱小、不那么好斗的鸟，很可能已经被那致命的符咒制服了。不一会，正当大黑蛇顺着一棵歪斜的桤树的细枝往下滑的时候，由于我胳膊的一个轻微动作，大黑蛇注意到了我。有那么一瞬间，它用一种我相信只有蛇和魔鬼才能呈现出的、蓄势待发的、雷打不动的眼神盯着我，然后它迅速转身——看上去就像是从自己身上爬过去一样——从树枝间游蹿走了，显然它从我身上认出了某种类似的特征，那种特征曾体现于被它狡猾地毁掉的远古人类身上。片刻之后，当它悠意悠闲地躺在一棵枝繁叶茂的桤木树顶，尽可能使它灵活柔软、闪闪发光的身躯看起来像一根弯曲的树枝时，受古老的复仇心控制，我袭击了它。我动用了我天赐的特权，瞄准方向向它扔过去一块石头，它被我击落，在地上蜷缩着、痛苦地扭动着。在我彻底了结它，林中的宁静部分恢复之后，这个刚刚失去至亲的家庭里另一只羽翼未丰的雏鸟便从躲藏之处现身，跳上一根腐朽的树枝，叽叽喳喳地叫着，鸟儿们无疑是在庆祝胜利。

到七月中旬，森林里的鸟儿达到了一种大致的平衡，回巢的趋势渐趋平稳，而节日的氛围丝毫不减。但随着农作物在漫长炎热的夏日里逐渐成熟，鸟儿们的乐曲逐渐消停了。雏鸟开始离巢，父母忙着照看，换毛期也时日将近。当蟋蟀开始在你的窗下重复单调的旋律，此时恐怕只有等到来年春天才能再听到棕林鸫独一无二的嗓音了。此时，刺歌雀也变得憔悴烦躁，当你靠近它的巢时，它会劈头盖脸给你一阵责骂，陡然又传来一阵歌声——既担心它的孩子们又心念着自己在歌唱界的声望，这使得它左右为难。一些鸦鸟仍在歌唱。有时候，从炎热的田野对面的一棵林边高树上，会传来猩红丽唐纳雀饱满的歌声。这种

北美钩吻
evening trumpetflower
小嘲鸫
northern mockingbird

充满热带色彩的鸟十分喜爱眼下这极为炎热的天气，哪怕是在三伏天里，我都能听见它歌唱。

余下的夏日时光是燕子和霸鹟的狂欢节。苍蝇和昆虫数量繁多，它们想抓多少抓多少，因此捕食的机会大大增加。看栖在那边树枝上的那只灰白素色的灰胸长尾霸鹟，它可是一名真正的运动健将，成日飞翔搜寻，不给它的猎物丝毫松懈的机会。你这四处乱飞的苍蝇，你这半瞎的飞蛾，千万小心别就这么落入它的手中！看看它的神态，它奇怪的头部动作，它的“眼睛在神奇的狂放的一转中，便能从天上看到地下，从地下看到天上”[①]。

它搜索细致，目标明确，能够迅速地捉住猎物，再回到原处。没有冲突，也不存在追逐——一个出其不意，捕猎便已结束。正如你将会看到的，那只小鹀鸟的技术就没那么娴熟了。那是一只棕顶雀鹀，以各类植物种子和昆虫的幼虫为食，尽管它偶尔也会有更高的追求，试图模仿灰胸长尾霸鹟捕食甲虫或夜蛾，但一场笨拙的追逐宣告并同时结束了它作为霸鹟的生涯。它现在正在草丛里搜寻猎物呢，我猜它还心心念念想着达成那个美妙的幻想呢。就在那儿！它的机会来了。前面飞的是一只米色的草地螟，它正尽其所能东躲西藏，棕顶雀鹀就这么紧随其后。这场较量着实搞笑，虽然我敢说这对草地螟来说是件极其严肃的事。这场追逐战绵延了好几码的距离，这时草地螟突然一头钻进草丛里藏了起来，片刻后又扇动翅膀飞了出来，此时追逐者已经离它很近了，但草地螟也已经缓过来了。棕顶雀鹀恼怒地叫着，决心不抓住它誓不罢休。它毫不费力地紧追着逃命的猎物，随时准备停下来将其一举拿下，但却总是不能如愿——这样一会儿失望一会儿期待，棕顶雀鹀很快便厌烦了，于是便重新回到它那更适合自己生存的正轨上了。

① 选自莎士比亚（William Shakespeare, 1564—1616）的喜剧《仲夏夜之梦》（*A Midsummer Night's Dream*），朱生豪译。

刺槐
black locust
棕顶雀鹀
chipping sparrow

同鹀鸟与飞蛾之间的这种半严肃半诙谐的斗争相比，灰背隼与鹀鸟或金翅雀间的追逐便有了很鲜明的差异。那是一场不可思议的速度与敏捷性的较量，是对翅膀和气流的测试。每一块肌肉都紧绷着，每一根神经都拉扯着。被追逐的鸟发出恐惧失措的哭喊，左逃右躲，拼了命地想逃离；而作为追逐者的灰背隼沉着坚定，紧追不舍，根据猎物的动作准确而无情地加速、转向、调整自己的动作，好像它们成了一个整体般，让人看得焦急不已，忍不住想爬上篱笆或冲到外围去一睹究竟。这只鸟唯一的自救办法是采取草地鹨的战术，迅速寻找树丛、灌木或树篱的掩护，因为在这些地方体型相对较小的动物可以更自由迅

灰背隼
merlin

速地移动。而捕食的强盗们深谙其中的道理，因此它们更希望一举抓住猎物。你也许会看见某只猎食者在果园间悄然潜行，金翅雀在它身边盘旋，沮丧地叫着“可——惜，可——惜”；可它似乎一点也不在意，因为它们彼此都知道，在如此密集的树林间就像在固若金汤的城墙内般安全。

八月是鹰振翅高飞的时节，鸡鹰[1]又是其中最引人注目的一种。它喜爱悠长温暖的白日里升腾起的薄雾及那片宁静。它是一种享受悠闲的鸟，似乎永远自由自在。它的动作优美而高贵，如此轻松沉着，不慌不忙，优雅地扇动翅膀划下一个个圆形和螺旋轨迹，带着如王室般高傲的风姿，偶尔还大胆地做出空中特技般的表演。

①原文 hen hawk 一般指红尾鵟或赤肩鵟。

它缓慢地、悠闲地飞着，几乎不用摆动双翼，以一种螺旋式轨迹不断攀升，直到身影变成夏日天空中的一个小点儿。接着，如果心情尚可，它会将双翅半闭，如一张弯弓，几近垂直般劈开空气向下俯冲，好像存心要将自己摔个粉身碎骨。但就在快撞到地面时，它又突然展开翅膀猛地拔高，就像是被一股气流弹回空中般，就这么优哉游哉地飞走了。这是这个季节里最令人击节称叹的表演，观众无不屏气凝神，直到看见它再次升空才舒了一口气。

如果想采取一种更平缓、不那么惊险的降落方式，它会聚精会神于下方地面上的远处的某一点，然后朝那个方向飞。它的速度及魄力仍如同流星划过般。你可以看见它划过天空时的踪迹，笔直得像一条线；如果凑巧离得近，你可以听见它翅膀急速扑腾的声音。它的影子飞速地穿过田野，一瞬间，你就可以看见它安静地栖息在沼泽地或草地的某棵低树或腐朽的树桩上，回味着刚刚咽下的青蛙和老鼠的滋味。

当南风乍起，这些空中王者更值得一看。它们常常三四只一起从山谷口远远地朝山上飞，顶着强劲的气流摇摇晃晃，努力保持平衡。此时它们近乎完全静止，只有类似走钢丝表演者那样的细微颤动；时而又大起大落，像是完全随风飘摇；或者再次扶摇直上，飞到山巅之上，不慌不忙，只偶尔表现出如之前所述的使人惊悚的急切和速度。就算在飞过人类头顶时遭遇射击，除非伤势严重，不然它们仍旧不会改变自己的飞行路线或姿态。

鸡鹰的飞行是动静结合的完美示例，它带来的视觉冲击远比鸽子和燕子的飞行所带来的更甚。这是因为它飞行时的用力极为均匀巧妙，以至于肉眼很难观察到，从而使它的动作表现出一种浮力感和永恒感。那不是一种有意地运用，而是一种力量的自然涌动。

当这种鹰遭受短嘴鸦或东王霸鹟的攻击时，它表现出的沉着与自尊非常合乎其身份。它很少留意它那些聒噪暴怒的对手，而是从容不迫地在气旋中旋转，不断攀升、再攀升，直到它的追逐者头晕目眩，不得不重新回落地表。这种摆脱不值得纠缠的对手的方式可谓是十分新颖：飞到相当的高度，令狂妄的尾随者晕眩茫然，失去判断，然后获胜。不过，我并不确定这是否值得效仿。

然而夏天终究还是远去，秋天来了。播种时节的鸣禽在农作物收割时节里噤若寒蝉，其他的歌者开始献唱。现在是昆虫一生中的鼎盛时期，整日里充斥着虫鸣。所有春天和夏天的乐曲似乎都被柔化修饰，飘浮在秋日的上空里。鸟儿们脱下节日的盛装，换上不甚鲜艳的新衣，齐齐向南飞去。燕子成群结队地飞走了，刺歌雀成群结队地飞走了，悄无声息地，鸫鸟也飞走了。秋天到了，从北方带来了燕雀、莺鸟、鹀鸟和戴菊。鸟儿的迁徙静静地进行着。远处的那只鹰安然地远行，直至消失在地平线。它代表了那个刚刚消逝的季节，以及所有正在离去的鸟类。

Chapter 2

铁杉林中

金榄冬青
dahoon holly
灰颊夜鸫
grey-cheeked thrush

大多数人在听到每年造访我们这一气候区的鸟类数目后，都表示质疑。只有极少数的人会注意到它们生活区域内过夏的鸟类，而且也只知道半数。当我们在林间散步时，我们不会去想此时我们正在侵犯谁的隐私——那是一群来自墨西哥、来自美洲中部或南部、来自海岛地区的珍稀而漂亮的贵宾，它们在我们头顶的树枝上欢庆团聚，或在我们面前的地面上寻欢作乐。

我回想起梭罗在斯波尔丁的林间散步[①]时想象的那户住在树上豪宅的古老而荣耀的贵族。斯波尔丁并不知道它们住在那儿，而且当斯波尔丁吹着口哨、赶着牲畜从它们低矮的厅堂经过时，它们也并未恼怒或感到不适。它们从不参加村里的社交活动，它们生活美满，它们有儿有女，它们不纺不织，从它们那里传来的声音就好像是一阵被压低的欢笑。

① 指的是梭罗的散文《散步》（*Walking*）。散文描述了作者一个午后在斯波尔丁家的农场漫步时，对所见鸟巢的想象和感叹。

我想当然地认为这位林务官只是在为鸟儿美言，虽然我注意到，当斯波尔丁的马车发出辘辘声穿过它们的厅堂时，它们有时也会恼火。但总的来说，就像斯波尔丁视它们为无物一般，它们对斯波尔丁也不甚在意。

我前几天在一片古老的铁杉林中散步时，数了一下这些夏季候鸟的种类，共有四十多种，其中许多种类在附近区域内其他树林里也很常见，但有相当一部分鸟类是这片古老而绝迹的铁杉林所独有的，还有不少种类是在任何地方都很少见的。这么多种鸟选择栖息在同一片森林里，还是一片不怎么大的林子里，着实很少见，它们大多在那里筑巢过夏。我曾观察过这些鸟，通常情况下它们大部分会选择更偏北的地方度夏，但鸟类的地理分布在很大程度上由气候决定。在相同的温度下，即便纬度不同，常常也会吸引同样的鸟。海拔差异等同于纬度差异。在三十度纬线上的一个特定海拔地区，可能与三十五度纬线上的某个地区气候相同，同时动植物种类也相似。我此刻写作的地方——特拉华（Delaware）河上游源头地区，纬度与波士顿相同，不过由于这一地区的海拔要高得多，所以气候与本州及新英格兰北部地区更相似。驾着马车沿东南方向走半日，就进入了一片截然不同的地区——温度差异明显，地质构造更为古

白靴兔
snowshoe hare

老，林木种类不同，鸟类不同，甚至连哺乳动物的种类也不同。要知道，我生活的地方没有小棉尾兔或者小灰狐，有的只是体型稍大的白靴兔和赤狐。在上个世纪里，一群河狸曾居住于此，尽管现在连最老的居民也找不到他们传统的筑坝地点了。我打算带读者领略的那片古老的铁杉林，不止鸟类众多，而且物产丰富。事实上，鸟类众多的主要原因，毫无疑问地应当归功于那里茂盛的植被，果实累累的沼泽，以及幽暗、隐蔽的密林。

铁杉林的历史是一部英雄史。尽管被那些采集树皮的制革商蹂躏争夺，被木材商乱砍滥伐，被移民者践踏摧残，但其精神从未萎靡，活力从未丧失。几年前，一条公路穿林而过，但是那条公路一直让人难以忍受：树木横倒在路上，泥巴和树枝阻断了道路，直到行人终于领悟，自动绕行。现在，当我走在这条人迹罕至的道路上时，见到的只有浣熊、狐狸和松鼠的足迹。

大自然偏爱这样的林子，于是给它们贴上了自己的封条。它在这里向我展示了蕨类、苔藓和地衣的作用。这里土壤肥沃，绿树成荫。置身于这些散发着芳香的林荫道中，我感受到了植物王国的力量，并对在我身边悄然进行的高深莫测的生命活动深表敬畏。

如今没有带着斧头或铲凿的恶人造访这些幽境了。牛群在林中时隐时现的小径上悠悠地走着，它们知道哪里有最鲜嫩的草料。春天里，农人到树林边缘的槭树上采糖，七八月间，整个乡下的妇女儿童都会钻入老采皮林采摘覆盆子和黑莓。我还知道有个年轻人沿着林中那条缓缓流淌的溪流，一心寻觅鳟鱼。

在这个晴朗的六月早晨，我同样机敏快活，精神抖擞，出发去收我的庄稼——不过我期待的是比糖更美味的甘甜，比浆果更可口的果实，是一场比钓鳟鱼更惊险刺激的游戏。

在一年所有的月份里，六月是鸟类学专业的学生最不能错过的时节。此时，大多数鸟儿都在筑巢，而这一时期也是它们歌声最动人、羽衣最丰满的时候。要怎么了解一只不会唱歌的鸟儿？难道我们不是得先等陌生的来客张口吗？因为对我而言，不听到鸟儿的声音就不算认识它，听过声音后则立刻变得亲近，而它对我也会有一种通人性的兴趣。我曾在林子里见到过灰颊夜鸫，也曾将它捧在手心，尽管如此，我仍不能算了解它。雪松太平鸟的沉默给它自己笼上了一层神秘面纱，无论是它英俊的外表或是在樱桃成熟时偷吃的样子，都无法消除这层迷雾。一只鸟的歌声，蕴含了认识其生命的线索，同时可以在歌者与听者间建立起共鸣与理解。

我沿着陡峭的山路向下而行，穿过一大片糖槭林，来到了铁杉林。在距林子还有二十杆远时，便听到了红眼莺雀在林中各处此起彼伏的叫声，那声音愉悦清脆得就像学童欢快的口哨。红眼莺雀是我们这里最常见、分布最广的鸟类之一。从五月到八月，在美国中部或东部的任何地区，无论何时，无论何种天气，只要走进任意一片林子，听到的第一声鸟鸣很可能就出自它口。无论是晴天还是雨天，是午前还是午后，是深林之中还是村庄小树林里，无论是在鸫鸟嫌太

红眼莺雀
red-eyed vireo

热或莺雀觉得寒风刺骨的天气里，这位娇小的游吟诗人从不认为不合时宜或地点，总是沉浸于自己的欢唱之中。在阿迪郎达克山区的深林中，很少看见鸟类，鸟鸣更是难闻，而红眼莺雀的歌声几乎时刻萦绕在我的耳际。它总是很忙，一刻不停地展示它那令自己陶醉的音乐才华才，这才是它的头等大事。它的曲子集勤劳与满足于一体，其歌声中没有什么悲哀忧郁或特别悦耳的旋律，但它想表现出的情感还是以快乐为主的。的确，多数鸟的歌声中都包含着某些人性意义，而且我认为，那就是我们从中获得快乐的缘由。刺歌雀的歌声表达的是欢乐，歌带鹀的歌声意味着忠诚，东蓝鸲的歌声象征了爱情，灰嘲鸫的歌声体现着骄傲，白眼莺雀的歌声透露了娇羞，隐夜鸫的歌声唱出了精神的平静，而旅鸫的歌声里则有某些军队的力量。

一些作家将红眼莺雀归为霸鹟，但它其实更像食虫莺，并且丝毫没有鹟属或纯种林莺属的特征或习性。它有点类似歌莺雀，事实上这两种鸟经常被一些粗心的观赏者弄混。二者的歌声中都带着欢快的旋律，只不过歌莺雀的歌声更连贯、更迅速。相比之下，红眼莺雀体型较大也更修长，戴着淡蓝色的冠，眼睛上方有一道浅纹。它的行为动作与众不同。你会看见它在树干间跳来跳去，检查树叶背面，左顾右盼，忽然蹿出去几尺远，又忽然跃上几尺高，不停地叫着，有时音调低沉，听上去仿佛来自一个很远很远的地方。当发现自己喜爱的虫子时，它就从树干上纵身一跃，直接扑向猎物：先用喙啄击头部，再一口吞掉。

当我走进树林时，一只暗眼灯草鹀忽然从我面前飞起，厉声叫着。受到如此打扰，它的抗议之激烈就如同金属的铿锵撞击。它在这里繁育后代，但人们并不会将它视为雪鸟[1]，因为它和歌带鹀一样，每逢冬天临近就销声匿迹，直到来年春天才回来，无论如何它都无

① 暗眼灯草鹀在文学作品中常被称为雪鸟（snowbird）。

法与寒冷及冰雪扯上一点关系。不同地区间鸟类的习性果真是截然不同的。甚至连短嘴鸦都不在此过冬，在十二月后至三月之前的这段时间里，鲜得一见。

暗眼灯草鹀，也被当地农人称作“黑色叽喳鸟”，是我所知道的最出色的地表巢穴建筑师。它的巢址通常选在靠近树林的路侧低沿上，那个精巧的结构坐落于一个被挖开的浅穴中，入口半隐半露。由于使用了许多牛马的鬃毛，鸟巢内部匀称结实，又柔软舒适。

我从槭树的拱廊下走过，仅驻足片刻看了一会儿松鼠三兄弟的表演——两只灰色的一只黑色的，它们穿过一片年岁悠久的灌木篱，终于完全进入古老的铁杉林中。我此时正置身于一片最原始、最僻静的陬隅之地。踩在厚厚的苔藓上，像双脚被裹住般无声无息，在朦胧、近乎神圣的光线里，我的瞳孔不由放大。可那无礼的红松鼠，见我到来便一边跑一边偷笑，它们喋喋不休、活蹦乱跳，蔑视这里的静谧。

这片陬隅之地是冬鹪鹩选中的地盘。在这附近，我只在这里——在这片林

暗眼灯草鹀
dark-eyed junco

子中见到过它的踪迹。它的声音就像有不可思议的共鸣板相助，充斥在这片幽暗的林间拱廊里。事实上，就体型这么娇小的一种鸟类而言，它的声音是相当雄浑的了，而且惊人地完美融合了华丽与哀伤，总是让我想起一副微颤着震动的金嗓子。从其情感喷涌的特点来看，你也许听得出这是冬鹪鹩的歌声；但你必须仔细地瞧，才能发现这位小音乐家，尤其当它正唱歌时，因为它的羽色十分接近大地及树叶的颜色。它从不攀高枝，只在低处的短桩和树根间跳来跳去，或是在自己的藏身处跳进跳出，带着怀疑的眼光观察所有的入侵者。它的外表别致得近乎滑稽：它的尾巴高高竖起，与其说是垂直，不如说是直指头部。它是我所知道的歌者中最不爱炫耀的一个，唱歌时从不装腔作势，或做个抬头挺胸的准备动作，再煞有其事地清清嗓子；它只是坐在一根原木上，直直地看向前方，有时甚至盯着地面，就这么倾吐它的音乐。作为一名歌者，比它优秀者寥寥无几。七月的第一周过后，我就听不到它的歌声了。

我坐在这苔藓厚实如同加了软垫的原木上，嘴里嚼着辛辣刺激又带点酸味的酢浆草。这种植物的花朵硕大且带着粉红色的纹脉，到处散落在覆盖着苔藓的地面上。一只红褐色的鸟忽然掠过，落在几杆外的一根低矮的树枝上，向我"唷！唷！"或"嚯咿！嚯咿！"地打招呼，那声音和人们唤狗时的口哨声如出一辙。从它随意而优雅的动作及隐约带着斑点的前胸，我认出它是一只鸫鸟。没过多久，它吐出几个轻柔圆润如同笛声般的音符，那是我听过的旋律中最简单的表达形式之一；紧接着，它疾驰而去，而这时我看清了，那是一只棕夜鸫，又称威尔逊鸫。在所有的鸫鸟中，数它体型最小，只和普通东蓝鸲差不多大，而人们通常通过它们胸前略显模糊的斑点将它们与其他同类区分开来。棕林鸫的斑点呈独特的椭圆状，在白底羽毛的映衬下显得格外清晰鲜明；隐夜鸫身上的斑点更偏线形，羽毛呈淡淡的青白色；但到了棕夜鸫这里，那些标记几乎完全褪去，从几杆外看起来，它的胸前只剩一片暗黄色。若想仔细看清它，你只需在它的栖息地等一会儿，因为在这种情况下，它似乎也迫不及待地想打量你一番。

从那些高高的铁杉树上传来一阵宛如虫鸣般的轻啭鸟啼，不经意间还可以瞧见细枝颤动或瞥见鸟翼掠过。我看了又看，看得头晕眼花，颈部快要永久性错位，却依然没有瞧出个所以然来。没过一会儿，那鸟儿为了追一只苍蝇还是飞蛾，向下飞出了几英尺，不过看起来像是失足跌下来似的，这时我才得以见到它的全貌，但由于光线昏暗，我不敢确定。值此紧急关头，我拿出了枪。一鸟在手胜过数鸟在林，这一道理对鸟类学研究而言也同样适用；不杀生、不采集标本，就无法在鸟类学研究中取得确实而快速的进步。从其习性及样貌来看，这显然是一只莺鸟。但到底是哪一种莺呢？我仔细观察，并试图叫它的名字：喉部和前胸呈深橙色或者说是火焰色，眼睛上方的眼纹和冠也是同样的颜色，背部是黑白相间的。雌鸟的羽色则稍逊一筹，没有那么鲜艳醒目。看来称它为“橙喉莺”十分恰当贴切，此名很符合它的特征；但不对，它注定要背负某个发现者的姓氏，也许是第一个洗劫它的巢穴或掳走它伴侣的人——布莱克本（Blackbum），因此它也被称为布莱克本莺（Blackburnian warbler）[1]。名字里的“burn”[2]一词似乎格外贴切，因为在这幽暗的常青树林里，这只鸟的喉部和前胸确实宛如燃烧着一团火焰。它的鸣啭悦耳动听，类似橙尾鸲莺的歌声，但并无特别的旋律。我在附近地区别的林子里从未发现它。

① 即橙胸林莺，其英文名是以英国博物学家安娜·布莱克本（Anna Blackburn）的名字命名的。

② “burn”的原意为燃烧，此处描写橙胸林莺的羽色，为双关用法。

我又被此处另一种莺的歌声吸引住了，而且为了观察它，也同样经历了一番周折。它的歌声与众不同，尖锐且带着嘶嘶声，在这片古老的树林中听起来煞是悦耳。相比于在这片幽静之地，人们在长着山毛榉和槭树的高地林间能更常听到它的歌声。将这只鸟儿捧在手心细细观看，你不禁会赞叹：“真漂亮啊！”如此娇小优雅，是莺鸟中体型最小巧的一种：蓝色的酥背，香肩之间点缀着一个淡

橙胸林莺
Blackburnian warbler
斑茎福禄考
wild sweetwilliam

淡的古铜色的三角斑点，上喙黑似墨，下喙黄如金，喉部为黄色，至前胸变为深古铜色。它被称为蓝背黄莺[1]，尽管所谓的黄色其实更接近于古铜色。它十分美丽娇弱，是我所知道的莺鸟中最小巧也最英俊的。每当我在自然界这些粗犷野蛮的生物中，发现如此美丽娇柔的尤物时，总是禁不住称奇。然而这就是自然法则，无论是在海中或是山上，在最粗犷最荒凉的地方，你都能找到最美妙最娇柔的存在。大自然的伟大和缜密非常人所能理解。

从我进入树林起，不管我是在聆听渐弱的鸟鸣，还是在周围一片寂静中陷入沉思，耳边总有一缕歌声从树林深处传来。在我看来，那是自然界中最美妙的声音——隐夜鸫的歌声。我时常像这样远远地听它歌唱，有时甚至相距超过四分之一英里，以至于我能捕捉到的只有它的歌声中更有力、更激昂的部分。透过鹪鹩和莺鸟的大合唱，我能辨别出这悠然升起的纯净而平和的声音，仿佛遥远的苍穹之上某个精灵正在缓缓地唱一曲圣歌。这歌声在我心里激起美的情绪，透露出一种宁静的宗教祈祷的感觉，这是自然界中任何其他的声音都办不到的。尽管我在任何时候都可以听见，但这也许更像晚祷诗而非晨祷曲。歌声极其简朴，使得我无法道出其魅力所在。“噢，苍穹，苍穹！”它好像在唱，“噢，圣灵，圣灵！噢，雾散，雾散！噢，放晴，放晴！”其间点缀着最悦耳的颤音和最优美的前奏。这歌声不像猩红丽唐纳雀或美洲雀的鸣啭那般高傲华丽，它不带任何激情或情绪，也不含个人色彩，但那声音似乎包含了一个人在生命中最美的时刻所感受到的那种平静又甜蜜的庄重，它带来了只有最高尚的灵魂才能理解的安详及深沉庄严的欢乐。几天前的一个晚上，我爬上山坡欣赏夜景，当我快要登顶时，一只隐夜鸫在距我几杆外的地方开始唱它的夜曲。在这座清冷的山上听着它的曲子，眼见一轮满月从地平线上升起，此时此刻你会感觉城市的浮华和文明的骄

① 学名为“北森莺”，拉丁学名为 *Parula americana*。

傲显得那般微不足道，而又一文不值。

我很少见到隐夜鸫像棕林鸫或棕夜鸫那样，在同一地点两只同类像竞赛般比拼歌艺。我从树上击落一只，十分钟不到，就发现又有另一只鸟站在几乎完全相同的位置上继续歌唱。晚些时候，当我进入老采皮林的中心地带时，忽然见到一只站在矮树桩上唱歌的隐夜鸫。奇怪的是，我的出现并未让它警觉起来，它反而提高了它神圣的音调，好像它的隐私并未受到我的打扰。我掰开它的喙，发现里面一片金黄色。我本来已经准备好看到它口中的珍珠宝石，或从中飞出一个天使。

各类书中都很少提及隐夜鸫。事实上，在我熟悉的鸟类学作家里，几乎没有一位在涉及上述三种常见歌鸫的问题上能够保持头脑清晰，它们不是混淆其体型就是混淆了三者的叫声。《大西洋月刊》[1]中的一位作者颇具权威地告诉我们，棕林鸫有时也被称为隐夜鸫，接着，在极尽优美、准确地描述了隐夜鸫的歌声后，居然匪夷所思地把它归在棕夜鸫身上。根据奥杜邦的研究而新编的《百科全书》声称，隐夜鸫的歌声由单调幽怨的音符构成，而棕夜鸫的叫声则类似于棕林鸫的！实际上，隐夜鸫可以通过其羽色被轻易辨识出：它的背部是明亮的黄褐色，到腰部及尾巴处则变为红褐色。将它翅膀上的羽毛与尾部的羽毛并排放在深色的地面上，会形成强烈的对比。

我沿着那条老路走下去，注意到一层薄薄的淤泥上留下的足迹。这些生灵们何时来过这里？我从未遇见过一只。这儿有一个披肩榛鸡留下的脚印，那儿是小丘鹬的，这儿是松鼠或水鼬的，那儿是臭鼬留下的，那儿则是狐狸。列那狐[2]的脚印多么清晰有力，很容易和小狗的爪印区分开来——它的脚印轮廓分明、分布整齐，而小狗的脚印则显得笨拙潦草。动物留下的脚印同其声音一样，可以体现它们的野性。鹿的脚印会像绵羊或山羊的脚印吗？从灰松鼠在新雪上留下的那些极速慌乱的足迹不难看出，这个小家伙当时多么像两足生翼般敏捷灵活！啊！在自然中可以得到最好的训练！林中生活是怎样磨砺了感官，赋予你的眼、耳、鼻以新的力量！而且，难道那些最罕见、最绝妙的歌手不都是林中之鸟吗？

在这些秘境之中，处处都可以听见东绿霸鹟忧郁、几近可悲的叫声。东绿霸鹟属真霸鹟科，辨识度非常高。它们个性分明，有极强的霸鹟科鸟的特点，同时有好斗倾向。它们算是我们这片田野及

① 《大西洋月刊》(*Atlantic*) 1858年12月刊。

② 列那狐（Reynard）：法国动物童话《列那狐的故事》中的主人公，该书展示的是中世纪法国各种社会力量矛盾和斗争的错综复杂的局面。文中代指狐狸。

森林中最不惹人注意或最不漂亮的鸟儿：削肩、大头、短腿、羽色普通，飞行或移动时全无美感，尾巴还令人不快地抖动着，不是在与邻居就是在与同伴争吵。没有哪种鸟像它们一样根本不打算激起观鸟者心中的欢乐之情，更不要说争取成为人类感兴趣或喜爱的对象了。东王霸鹟是霸鹟科中装扮得最得体的一位，但它喜欢吹牛；而且，尽管它总是吹嘘自己，瞧不起邻居们，实际上它却是一个彻头彻尾的胆小鬼，对手稍一展露出勇气，它便举起了白羽。我曾经见过它从一只燕子面前仓皇逃跑，也知道它曾在上述的小东绿霸鹟前败得一塌糊

东绿霸鹟
eastern wood pewee

沼生杜鹃
swamp azalea

涂。从大冠蝇霸鹟到小东绿霸鹟，它们的生活方式和基本习性都是一样的。尽管在两点之间飞行时速度缓慢，它们却拥有惊人的快速反应能力，能够毫不费力地捉住跑得最快的昆虫。在淡然麻木的外表下，隐藏着迅速、紧张的持续运动。它们不像莺鸟那样在树丛间四处搜寻，而是停在最中间的树枝上，像一个真正的狩猎者那样，等待猎物的到来。它们用喙咬住猎物时，总会传来“啪嗒”的断裂声。

在这一地区中最常见的是东绿霸鹟，它会用甜美、凄婉的歌声吸引你的注意。深林亦是它的活动场所，在那里它的叫声更为悠长，音调也更高。

它的近亲灰胸长尾霸鹟，总是在倾斜的崖壁或悬岩上用苔藓筑建精致的巢。几天前，在一处格外荒凉的山区，我路经山顶附近看见一座岩架巢，我的注意力完全被这样一个建筑物吸引。它与岩石上的苔藓融为一体，看上去好像原本就长在那里一样。因此我对这种鸟的好感也骤增。就连岩石似乎也很喜欢这个鸟巢，所以一心想将它占为己有。我感叹道，这里存在着的是一座多么完美的建筑范例啊！这个鸟巢确实依靠外力建成，但为了完成它，融入了如此深切的爱意及完美的适应协调性，以至于看起来就像自然的产物。这种节约的智慧在所有鸟类的巢中均有体现，没有任何鸟会将自己的房子刷成白色或红色，或是添加任何装饰。

在林中最幽暗也最茂盛的某处，我偶然看到一窝已经发育成熟的鸣角鸮[①]，一家子栖在一根覆满苔藓的干枝上，距地面不过几英尺。我当时在离它们大约四五码距离的地方停下脚步四下环顾，碰巧发现这群一动不动的灰色小东西。它们端正笔直地坐着，有些背对着我有些面对着我，不过头却出乎意料地全都齐刷刷地转向我。它们的眼睛眯成了一道黑线，透过这道细缝打量着我，还以为我没察觉到这一切。这个场面十分怪异，透露出一些可笑又神秘的气息。这

① 即东美角鸮。

是一种全新的感受，像是在白天的森林中体会了黑夜的一面。在观察了片刻之后，我朝它们迈出了一步；刹那之间，它们双目瞪大，神色大变，有的向这边扭身，有的向那边低头，全都生机勃勃，警惕地环顾四周。再迈出一步，它们几乎全都飞走了，只留下一只匍匐在树枝上，扭过头，视线越过肩膀，露出一副猫受惊时的神情看了我几秒。它的伙伴们敏捷而轻快，在林中迅速分散，我还是击落了一只，正如威尔逊描写的那样，带着黄褐色的红色。事实上，这些鸣角鸮的羽毛呈现出截然相反的两段，它“与性别、年龄或时节无关”，一段是灰白色的，另一段则是红棕色的。

我来到林中一处较为干燥而苔藓也稍少的地方，这时被一只橙顶灶莺（golden-crowned thrush）吸引且逗乐了——实际上它不是鸫鸟（thrush），而是莺鸟（warbler）。它在我面前像滑步似的走得轻松自如，却又在不经意间透露着一种心事重重的神态，如同母鸡或披肩榛鸡那样摇头晃脑，步履时快时慢，引得我不由驻足观望。我坐下来，它也停下来看我，然后又继续四处转悠，看上去像是专心沉浸于自己的事务，但实际上无时无刻不在偷瞄我。很少有鸟类会步行，大多都像旅鸫那样跃行。

见我并无敌意，这位漂亮的步行者很是放心，于是心满意足地飞上距离地面数英尺的一根树枝上，用一场音乐会来奖励我。那是一首不断升调的歌曲，开始起调极低，听起来就仿佛歌者在遥远的彼方；然后声音渐强渐响，直到身体开始颤抖，歌声变成尖叫，带着奇异的锐音回荡在我的耳边。这支曲子或许可以用这种形式表达：“啼——彻——儿——，啼彻儿——，啼彻儿！啼彻儿！！！”第一个音节及吐出的每一个字都不断加强重音，声音不断变得尖锐。我熟知的作家里，没有一位认为橙顶灶莺还有除此曲之外更多的音乐才能。然而，此曲中体现的才能只是它拥有的冰山一角。它另有一支私藏的、更罕见的曲子，是它为在空中邂逅的美人儿保留的。它轻松地飞向最高的树顶，再如某些燕雀一样，似悬浮般以一种盘旋方式冲上云霄，随即爆发出一曲极乐之歌——歌声清脆、嘹亮、饱满，生气可比金翅雀，旋律可比紫朱雀。这支歌曲是人们极少听闻的鸟类旋律中的精品之一，通常在黄昏时分或日落西山之后响起。醉心音乐的歌者藏身于密林之中，躲开人们的视线，唱着它最动人的歌。从这首歌里，你很快就可以察觉出它与白鹡鸰的关系——后者也常被误认为是眉纹灶莺属鸟类——歌声同样也是突然爆发、饱满嘹亮、透着青春活力的调子，好像那鸟儿刚刚得到了飞来的好运。将近两年的时间，这位美丽的步行者所唱的曲子对我而言更像一种缥缈无形的声音，只闻其声不见其形，我深感迷惑，如同梭罗当年迷惑于那只神秘的“夜莺”。说到这里我顺带提一句，我怀疑那只“夜莺”其实根本不是什么新的品种，而是某

欧白英
climbing nightshade
橙顶灶莺
ovenbird

种他熟悉的鸟类[1]。这只小小鸟似乎将这首歌当作秘密在守护，并且利用一切机会在你面前重复它那渐进而又尖锐的曲调，似乎在说这就足够了，这就是它所拥有的全部才能。但是我相信我于此将它公之于众并不算泄露任何秘密。我认为这是它绝妙的情歌，因为在交配的季节里可以经常听到。我在林中撞见两只雄鸟，一边压低嗓音唱着这首歌，一边以惊人的速度在树木间追逐。

① 据梭罗的《缅因森林》推测，这只“夜莺”可能是普通潜鸟（*Gavia immer*）。

沿老路向左拐，我漫无目的地闲逛，迈过柔软的原木，踏过细碎的已腐朽的残枝败叶，涉过鳟鱼游弋的小溪，最后来到最枝繁叶茂的采皮区。沿途我时不时停下来观赏一种独自傲立于青苔之上的小白花，它长着一种纯天然的心形树叶，开的花朵除了颜色之外与獐耳细辛属植物一模一样，我的《植物学图鉴》里居然从未有过记录。还有蕨类植物，我数了数共有六种，有些体型巨大的几乎与肩同高。

一棵树皮粗糙、枝干细弱的纸皮桦树下，有一丛石松，里面密密麻麻点缀着大量蔓虎刺和奇特的闪着光泽的树叶，外围到处都是鹿蹄草，其叶尖上串着一朵朵粉色的小花，散发着五月果园的气息。对于我这样的闲人来说，这个卧榻实在过于奢华，但我还是斜躺其上，观察周遭。太阳刚过头顶，午后的大合唱还未全面开场。大部分鸟儿午前唱歌精神饱满、激情澎湃，午后也偶尔会出现百鸟齐鸣的景象；但只有到了黄昏时分，才能领略到鸫鸟的晚歌中包含的纯粹的力量和肃穆。

我很快就被远处的一对红喉北蜂鸟吸引了。它们在离我几码之外的一丛低矮的灌木上嬉戏；雌鸟躲在树丛里，兴奋地叽叽喳喳尖叫着，而在上方盘旋的雄鸟，突然俯冲下来好像要将它揪出。发现我后，雄鸟如一根羽毛般轻盈地落在细枝上，转瞬间即携雌鸟一同飞走了。接着，像是有某个事先约定好的信号般，所有鸟儿都开始

玫胸白斑翅雀
rose-breasted grosbeak

一展歌喉。我半闭双眼平躺在地上，细细聆听莺鸟、鸫鸟、燕雀和霸鹟的合唱，认真分辨每种声音。众声之上，升起隐夜鸫略带孤寂清冷的天籁般的女低音。那边桦树的顶端传来转调动人的歌声，没有经验的听众会把它误认为是猩红丽唐纳雀的声音，事实上那出自于一位罕见的访客：玫胸白斑翅雀。那是一支洪亮而有生气的曲子，就像一首明亮的正午之歌，饱含活力与自信，显示了表演者非凡的实力，但绝非天才。当我从树下起身时，它的目光向下投来，但并未理会我而是继续唱它的歌。据说这种鸟在美国的西北部十分常见，但在东部地区却实在罕见。它的喙不合比例，又大又笨拙，就像一个大鼻子，略微有损它姣好的容颜；但大自然为了弥补这一缺陷，赋予了它胸前一片玫红以及翅膀内侧娇柔的粉色。它的背部黑白相间，当它低飞时，白色尤为显眼。如果它碰巧经过你的头顶，你便能看见其翅下娇美的一抹红。

那棵枯萎的铁杉树上有一团明亮的猩红，在阴暗的背景下看起来，犹如一块燃烧的煤炭，在这严酷的北方气候里，那颜色显得过于明艳。那便是玫胸白斑翅雀的亲戚，猩红丽唐纳雀。我偶尔会在铁杉林的深处遇见它，那是我所见过的自然界中最强烈的颜色差，我甚至担心它会点燃落脚的那根树干。它性情孤僻，离群索居，在这一带似乎更偏爱偏远的高地树林，有时甚至直上山顶。实际上，我上次登山的一大收获就是在山顶附近遇见了一只这样耀眼的生物，它当时正在放声歌唱，微风将它饱满的歌声传向四面八方。它似乎很享受这个高度，我感觉它的歌声较之平日都显得音域更广，也更为自如。当它飞下山，已远远地飞到山的另一侧时，风中依然回荡着它美妙的歌声。从羽衣上看，它是我们所见过的羽衣颜色最漂亮的鸟。蓝鸲并非是纯蓝色，靛彩鹀远观动人却也经不起近看，金翅雀、玫红丽唐纳雀也都不行。但猩红丽唐纳雀就不同了，即使你凑近了看，它的风采也丝毫不减，它的一身猩红及翅膀与尾巴的黝黑都完美无缺。这是它节日的盛装，到了秋天它就会换上一身暗淡的黄绿色衣裳，也就是雌鸟一年四季都保持的颜色。

在老采皮区的大合唱中，其中一位领唱者为紫朱雀。它通常远远地坐在一棵枯死的铁杉树上，动情地鸣啭着。它是我们这里最优秀的歌者之一，正如隐夜鸫为鸫鸟中的翘楚一样，它在燕雀中也当属榜首。它的歌声近乎狂喜，是除了冬鹪鹩的啁啾之外，在林子中可以听到的倾吐速度最快、最连绵不绝的声音。虽然它的歌声中几乎没有鹪鹩声音中所特有的那种颤音和如同小溪潺潺流淌般清脆的音符，但它的曲子里自始至终包含一种圆润丰满、抑扬顿挫的哨音，十分甜美、动听。这个时候，又传来旅鸫的叫声，效果马上显著起来；音调的变化十分丰富，旋律又如此急促，给人的感觉就像是有两三只鸟在同时歌唱一样。它在这一地区并不常见，我只在这些林子或类似的林子里看见过它。它的羽色十分独特，看上去就像是把一只棕色的鸟放进稀释过的垂序商陆果汁中浸泡后，再捞上来时的样子。如果再多浸泡两三次，或许它就会变成完全的纯紫色。雌鸟的颜色同歌带鹀相同，体型略大一点，喙也更显笨重，尾巴上的分叉

也更多一点。

在一小块没有灌木丛及树木的空地上，我下到小溪边去洗手。我正弯下腰，这时一只淡青色的小鸟拍着翅膀从河岸边飞出来，距离我的头不足三英尺远。它好像伤得很严重，扑腾着穿过草丛落进了最近的灌木丛里。我并未跟上去一探究竟，但由于我所处的位置仍在她的巢附近，它吱吱地尖叫着，唤来了雄鸟，这时我认出它是一只带斑点的加拿大威森莺。我在书中从未找到任何关于这种鸟在地面上筑巢的例证，然而我眼前的可不就是它的巢：以干草为主要材料，建在岸边的一个浅穴里，距离河水不足两英尺；除了小鸭子或鹬科鸟，任谁都会觉得这个地方很是危险。巢里有两只雏鸟和一枚带斑点的蛋，刚刚破壳。可是，这是怎么回事？这里面有什么蹊跷？尽管两只雏鸟看起来明显都是刚刚出生的，不足一天，可其中一只的体型比另一只要大得多，独占了鸟巢大部分空间，在鸟妈妈喂食时嘴伸得也比其小兄弟要高。啊！我明白了，这是褐头牛鹂惯用的把戏，像人类一样狡诈。我提起这个入侵者的后颈，深思熟虑后将它扔进了水里，但免不了内心一阵痛苦，我就这么看着它光溜溜的身体被冻得剧烈抽搐，然后顺着河水漂走。残忍吗？自然就是这样残忍。我夺走了一条生命，却救了两条生命。否则不出两天，这个大腹便便的入侵者便会害死巢内的两个正当居民；因此我插手干预，让这一切重回正轨。

这是自然界中一种奇怪的现象：有些鸟生来就爱把蛋产在其他鸟的巢里，以逃避自己抚养后代的责任，褐头牛鹂惯用这种狡诈的把戏。当人们细数它们的数量时，便知这类小悲剧显然时有发生；在欧洲，杜鹃[1]也有同样的习性，而美洲杜鹃有时也这样把抚育后代的责任强加给旅鸫或其他鸫鸟。褐头牛鹂对此类事情好像从不曾良心发现，而且据我迄今为止的观察，它总是挑体型不及自己的鸟儿的巢下蛋。通常情况下，它的蛋最先孵出；当成鸟衔来食物时，它的幼鸟便雄心勃勃地抢过其他雏鸟争得先吃的特权；它长得极快，慢慢占据整个鸟巢，于是挨饿受挤的原居民便很快夭折了，这时成鸟便会把它们的尸体搬出巢，然后一心一意地抚育这个外来子。

① 即大杜鹃，又称布谷鸟。

莺鸟和体型稍小的霸鹟是常见的受害者，但我有时候也会见到青灰色的暗眼灯草鹀在无意中上当受骗。前几日我在林间的一棵高树上，发现一只黑喉绿林莺在全心全意地照料这么一只黝黑的且发育过快的弃儿。我曾指给一个老农看，他对此十分惊讶，因为自己的林子里发生了这等事情，而他竟然一无所知。

在这个时节里，常能看到这些鸟穿梭徘徊在林中各处，伺机偷偷把自己的蛋产在某个鸟巢里。一天，我正坐在一根原木上休息，

荷花木兰
southern magnolia
加拿大威森莺
Canada warbler

就看见一只褐头牛鹂飞飞停停，经过数段短飞后，穿过树林逐渐接近地面，动作匆忙，鬼鬼祟祟。在离我大约五十码的距离处，消失于一片灌木丛后，显然是落到了地上。

我稍稍等了一会，然后蹑手蹑脚地朝其方向走去。走到半道时，我不小心发出了一声轻响，那鸟便迅速飞了起来，看见我后匆忙飞出了林子。我走到那儿一看，在一截倒地的树枝下方发现了一个半遮半掩的，由干草和树叶制成的简易鸟窝。我觉得那是一个雀巢。巢中有三枚鸟蛋，还有一枚躺在离鸟巢一英尺的地方，像是被抛出去似的，事实上也确实如此。这让人不自觉地联想到，当褐头牛鹂发现巢中的鸟蛋已经满时，很可能就会扔出去一枚，然后在巢里产一枚自己的蛋。几天之后我再去看，发现又有一颗蛋被扔了出来，但空出的地方没有放进新的蛋。主人已经抛弃了这个鸟巢，那些蛋也都变质了。

在这些我发现蛋的地方，无论何种情况下，我都会看见褐头牛鹂夫妇在附近徘徊，雄鸟立在树顶，发出流畅却呆滞的独特叫声。

七月，幼鸟变成了暗淡的浅黄褐色，在同一地区长大的鸟儿们便开始成群聚集，等到秋天，鸟群的规模便会变得很大。

有斑点的加拿大威森莺在莺鸟中才能出众，模仿起其他鸟类的音调生动活泼，尽管歌曲支离破碎不是那么完整，不过仍能让你联想到金丝雀的某种曲调。此时，一只加拿大威森莺就活泼地在树枝间跳来跳去，沉浸在自己悠扬的嘶嘶叫声中，快活得一刻也静不下来。

它的行为举止与众不同。当它发现人时有个习惯，会先向人行个礼，姿势十分优雅标准。从外表看，它堪称是一位优雅绅士：身材修长，背部为偏蓝的铅灰色，至其冠处又变为黑色，从喉部往下的下半身则呈现出娇嫩的淡黄色，胸前有一排黑色的小圆点。它的眼睛也漂亮，周围有一圈淡黄色的眼圈。

成鸟夫妇被我的造访搅得惶恐不安，不停地高声尖叫，引得关切的邻居络绎不绝地前来一探究竟。栗胁林莺和橙胸林莺携手而来；纹胸林莺仅打量片刻后便匆忙飞走了；黄喉地莺羞怯地从低矮的灌木丛里向外偷窥，同情地发出“啡噗！啡噗！”的叫声；东绿霸鹟则直接落在我头顶的树枝上；红眼莺雀则一圈圈不停地徘徊，用无辜的双眼好奇地看着我，明显很是困惑。不过很快，它们又一只接着一只地飞走了，没有给无助焦虑的夫妇留下任何只言片语的安慰或鼓励。我经常看到鸟类间这种表示同情的举动——如果这的确是同情，而不仅仅是好奇，或是想要得知某种即将来临的危险的预警。

一小时后我再次来到这个地方，发现一切已归于平静，鸟妈妈静静地坐在巢里。当我走近时，它似乎又往里移了移，双目瞪大，有种难以言表的野性之美。当我离它只剩两步远时，它才像先前那样拍打着翅膀飞走了。只是这么一会儿的时间，窝里剩下的那枚蛋也已孵出。两只小雏鸟抬着头，不必忍受任何外来借宿者的推挤和压迫。一周后它们便飞走了，鸟类的婴儿期真短啊。令我惊奇的是尽管婴儿期很短暂，它们也逃过了林中这带为数众多的臭鼬、水鼬和麝鼠的袭击，要知道这群动物对雏鸟这种鲜嫩的珍馐可是偏爱有加。

我继续向老采皮区深处走去，时而沿着昏暗的牛道或遮天蔽日的林间幽径；

褐腰草鹬
solitary sandpiper

时而吃力地越过柔软腐朽的原木，或从荆棘与榛木交错的密网中努力开辟一条道路；时而在野樱桃树、山毛榉和银白槭的绝佳树荫下乘凉；时而又在一条青草丛生的小道现身，那里布满金灿灿的毛茛或点点白色雏菊；又或者在齐腰深的红色覆盆子丛里尽力跋涉。

呼！呼！呼！一窝尚未发育完全的披肩榛鸡在距我几步之遥的地方突然炸开了锅，四下奔散，消失在灌木丛里。我就坐在这灌木的屏障背后，听这只林中的雌鸟如何召唤它的一窝儿女。披肩榛鸡那么小就学会飞了！大自然似乎将其能量全部聚集在她的翅膀上了，确保安全作为第一要义。当它们的身上还只有细细的绒毛，丝毫没有羽毛的痕迹时，翅膀上的翎毛便已经长出并逐渐伸展了。在惊人的极短时间内，幼鸟便可以在飞行上取得长足进展。

这种翅膀首先迅速发育的特点同样存在于鸡和火鸡身上，而水禽及那些羽翼未丰前一直安全待在鸟巢内的鸟则不然。不久前，我在小溪边忽然遇见一只年幼的褐腰草鹬，是个非常漂亮的小家伙，身披一层柔软的灰色绒毛，行动灵活机敏，明显已有一两周大了，但身上和翅膀上均没有羽毛的痕迹。事实上它也不需要，因为它只需潜进水中便可轻松地躲开我，和振翅飞走并无差别。

听！那里的灌木丛里传出一阵轻柔如规劝般的咕咕声，那声音微弱、热切却又不易察觉，只有拥有最警觉的耳朵的人才能听见。多么温柔，多么挂念，充满着无尽的爱意！这就是鸟妈妈的叫声。不一会儿，四面八方便传回微弱而怯生生的“耶噗”，若不仔细根本无法听见，那便是雏鸟的回应。因为附近似乎没什么危险，鸟妈妈的“咕咕”声很快便变成清晰响亮的“咯咯”呼唤，雏鸟们这才谨慎地从四面八方向鸟妈妈处走去。尽管我万分小心地走出藏身地，所有声音还是瞬间停止了，我四下张望却只是徒劳，鸟妈妈和雏鸟们都不见了踪影。

披肩榛鸡是我们地区最土生土长也最具个性的鸟类之一。它出没的林子都格外舒适宜人，它赋予树林一股宜居的气息，让人感觉它似乎才是这片林子真正的主人。而没有它的树林总让人觉得少了些什么，像是受到了大自然的冷落。

披肩榛鸡
ruffed grouse

它也是一件自然的杰作，那么强健有力，我觉得它十分享受风雪严寒。仲冬时分，它的翅膀似乎扑扇得更为热烈。如果雪下得很紧，眼看要来一场暴风雪，它便会满足地挑一处坐下，任由雪将它淹没。在这种时候靠近它，它会突然从你脚边的雪堆中蹿出来，雪花溅得四处都是，然后翅膀扑腾地嗡嗡作响，像炮弹似的飞出树林——宛如一幅展示了本土精神与杰出自然的画。

它的鼓翼声是春天里最受欢迎、最美妙的声音之一。四月，树木几乎还没有长出新芽，可无论是在寂静的清晨还是日暮时分，你都可以听见它翅膀热烈扑腾的嗡嗡声。它并没有像你认为的那样选择干燥而树脂丰富的原木，而是转向腐朽断裂的那些，它似乎尤其偏爱几乎与泥土混为一体的老栎木。如果找不到它中意的原木，它便把它的圣坛建在一块岩石上，在它热烈地扑扇下，那石头也可与之共鸣。有人见过披肩榛鸡鼓翼吗？看见这个的概率和遇见鼬鼠打瞌睡差不多，不过如果万分谨慎、多方设法的话也可以做到。披肩榛鸡鼓翼时不会抱着原木，而是站得笔直，展开颈毛，先扑腾两下做个开场，停顿半秒后，继续扇动翅膀不断重复且速度越来越快，直到那声响变成连续不断的“呼呼”声，整个过程持续不到半分钟。它的翅尖几乎没有碰到原木，所以那声响实际上是由它鼓翼时拍打空气和自己身体的力量形成的，就如同飞行时一样。一根原木可以被不同的鼓手使用多年，就像一座神庙，受到无上尊崇。披肩榛鸡总是习惯步行前进，除非受到粗鲁的打扰，否则离开时它也同样安静。尽管它的智慧并不能称为大智，它也算是一个狡猾的小东西，你很难偷偷摸摸地接近它，需要尝试多次才能成功。但如果你假装匆忙从它身边经过，尽可能地弄出各种声响，它就会收紧羽毛像被钉住一般一动不动地站着，任由你观察打量，对猎人而言这也是个射击的绝佳机会。

沿着老采皮区里的一条弯弯曲曲、不知尽头在何处的小径前行，这时一阵异常美妙而响亮的鸣啭吸引了我。那声音从低矮的灌木丛中传来，我很快猜测这是黄喉地莺的声音。不一会儿，这位歌者跳上一根干枯的细枝，我得以细细打量。它的头部与颈部为铅灰色，至胸前变得近乎全黑，背部是亮丽的橄榄绿，腹部又是黄色。从它惯于在地面附近活动，偶尔还在地上蹦跳来看，我知道它当属“地莺（ground warbler）”一类；而根据它胸前的黑色，鸟类学家在其名字前加了个修饰词“哀（mourning）”，因此它又叫哀地莺（mourning ground warbler）[①]。

威尔逊和奥杜邦坦诚对于这种鸟他们都所知甚少，没有见过它的巢，也不熟悉它的聚集地和基本的生活习性。虽然一听它的歌就知道它属于莺类，但其歌声依然十分独特新颖。这种鸟非常

① 即黑胸地莺。mourning 既可以指哀悼，也可以指表示哀悼的标志，如黑色的衣服或臂章。

害羞而且谨慎，一次只飞行几英尺的距离，并且小心翼翼地避开你的视线。我在这里只发现过一对。雌鸟喙里叼着食物，看样子是准备回巢，但它十分小心地避免暴露她家的位置。所有的地莺都有一个明显的特征——拥有非常漂亮的腿，洁白纤细如同常年穿着丝袜与缎鞋。“树莺（tree warbler）”

1-2 黑喉绿林莺
black-throated green warbler

3 橙胸林莺
Blackburnian warbler

4-5 黑胸地莺
mourning warbler

的腿多为深褐色或黑色，较之其他，羽衣也更加鲜艳，只是音乐才能稍显逊色。

栗肋林莺便属于后者，在这些树林或者说附近所有的林子里都很常见。它是莺科中最稀有也最英俊的鸟儿之一；它的胸部及喉部呈白色，两肋为栗色，冠呈黄色，十分醒目。去年，我在一片高地的山毛榉林中发现了一座栗肋林莺的巢，建在路边的一丛低矮的灌木里，牛群每天都在那附近吃草并从它家门前路过。本来一切都很平静，直至有一天褐头牛鹂偷偷把自己的蛋放进了它的巢，从此其他意外也接踵而来，不久巢便空了。在这个季节里，雄鸟有一个典型的外观特征：翅膀稍稍下垂，尾巴却稍稍上翘，那精明的模样看上去就像一只矮脚鸡。它的歌声悦耳却急促，虽然没有太多个性，但在鸟类的大合唱中也占有自己的一席之地。

一支比栗肋林莺的鸣啭更加甜美的曲子落入耳际，歌声中带着更为地道的森林旋律，这便是黑喉绿林莺的歌声，我曾在许多地方见过它。在纯种莺类中它的歌声也是无可媲美的，虽平淡简单，但极其纯净柔和，可以用符号这样表示：—— ——√¯；前两个符号代表两个甜美清脆的音符，同样的曲调，毫无重音；后一个符号代表结尾的音符，音调突转，抑扬顿挫。雄鸟的喉部和胸部呈黑色且如天鹅绒般丝滑，而其背部呈黄绿色。

老采皮区的另一边是一片混合林，生长着铁杉、山毛榉和桦树，从那片林子里传来了黑喉蓝林莺慵懒的仲夏之音。“啼，啼，啼——咿！”的上滑音，带着夏季昆虫特有的嘤嘤声，但也不乏某种缠绵的旋律。这是所有的森林之音之中最慵懒、最不急不躁的声音之一，听得我只想立刻躺倒在落叶上。奥杜邦说他从未听过黑喉蓝林莺唱情歌，然而这就是黑喉蓝林莺的情歌，它显然是它那个褐色的小情人眼里最朴实安分的男人。与其他同类不同，它从不装腔作势，也不擅于做大胆惊人的动作表演。它偏爱茂密的山毛榉林和槭树林，在低矮的枝丫间及小树丛里悠然穿梭，却总是与地面保持八至十英尺的距离，然后时不时地重复着它那懒洋洋、慢悠悠的曲调。它的背部和冠部呈深蓝色，喉部和胸部为黑色，腹部纯白，两翼上各有一个白斑。

毛瓣毛蕊花
moth mullein
栗胁林莺
chestnut-sided warbler

林中随处可见黑白森莺，它那尖细的声音总让我想起发丝，那毫无疑问是所有鸟鸣中最悦耳的一种。在这方面，任何虫鸣都无法与它一较高下；但它的声音又丝毫没有虫鸣刺耳喧闹的特点，只是十分细腻温柔。

那连续不断的尖锐鸣啭，若你尚未学会仔细辨认，很容易将它误认为是红眼莺雀的声音，而实际上，那是独居的歌莺雀。相比于红眼莺雀，这种鸟体型更大也更罕见，其歌喉也更响亮，只是少了些欢快的味道。我看见它顺着树枝

黑白森莺
black-and-white warbler

上跳下蹿，注意到它胸前和两胁的橘色，以及眼睛周围的白眼圈。

尽管在这四十位歌者共鸣的大合唱里我才刚介绍了领唱的几位，这片神圣古老的森林我也只探索了一小部分，但西沉的太阳以及愈发浓郁的阴影在提醒我，这场漫游该结束了。在老采皮区一处靠近沼泽的偏僻角落，我发现了正在盛放的舌唇兰，这里似乎从未被人或兽踏足，我流连忘返，久久凝视那蔓过大大小小树丛而恣意生长、精彩纷呈的地衣和苔藓。每一丛灌木，每一根粗干细枝，都披上了最华丽的盛装，而在所有植物中最华丽的又属装点着树枝或在大树枝上优雅飘荡的长须苔藓。每一条细枝都似乎饱经风霜，尽管枝头仍然绿意浓浓。一株年幼的纸皮桦露出族长似的庄严面孔，但这种过早的尊崇似乎让它有点惴惴不安。一棵腐朽的铁杉上挂着饰物，像是为了迎接某个庄重的节日一般。

再次登上高地，在暮色笼罩下的森林所展现出的肃穆与寂静，让我不由虔诚驻足。这是一天中最为甜蜜、美满的时刻。当隐夜鸫的晚歌从下方幽深的隐秘之地袅袅升起，我感受到了洗尽铅华的平和之喜，相较之下，音乐、文学和宗教都不过是些苍白无力的形式与象征。

Chapter 3
阿迪朗达克山

松金翅雀
pine siskin

一八六三年夏天，我去了阿迪朗达克山脉。那时我刚开始研究鸟类，并对其尚充满初学者的热情，因此此行最期待的是自己会在这幽僻之地发现哪些鸟类——哪些是新面孔，哪些又是熟悉的老朋友。

在探访那些广袤、偏远的原始森林时，人们会本能地期望有一些稀奇古怪或完全新鲜的发现，但往往事与愿违，结果不尽如人意。梭罗曾三次深入缅因森林，尽管他见到过驼鹿和驯鹿，但就鸟鸣声而言，除了棕林鸫和东绿霸鹟，他丝毫没有什么别的新奇发现。我在阿迪朗达克山的经历也大致如此。大部分的鸟喜欢待在居民区和林垦区附近，因此在这些地方我发现的鸟的数量和种类都是最多的。

第一次进入林区时，我们在一位名叫休伊特的拓荒老猎人的开垦地里逗留了两三天。在那里我见到了许多老相识，也结识了一群新朋友。此处暗眼灯草鹀众多，在我们离开乔治湖后，一路上处处可见这种鸟。清晨时我去溪边洗漱，一只紫朱雀从我面前飞起，显然它已经沐浴完毕了。我第一次看见这种鸟是去年冬天，在哈德逊高地。二月里，一连几个晴朗却冷冽的清晨，一群紫朱雀在我家门前的一棵树上引吭高歌。而此次，在它的繁育地里与之再见，着实让我又惊又喜。那天我还发现好几只松金翅雀，这种鸟呈深棕色或带有斑纹，与美洲金翅雀同出一族，二者在神态与生活习性方面都很相似。它们在屋子周围随意走动，有时又在数英尺外的一棵小树上歇脚。在一块残株遍地的原野里，我遇见了一位旧爱——栗肩雀鹀。它正栖在一根高而焦黑的树桩上，嘴里叼着食物。一曲新奇的鸣啭沿着森林边缘及田间的灌木丛传来，我只闻其声却不见歌者。在清晨及日暮时分，这歌声显得尤为明显，但又始终极其神秘、难以捕捉。最终，我发现那是一只白喉带鹀，这种鸟在这一地区十分常见。它的歌声分外柔和婉转——像一声纤细的、微微轻颤的哨音，然而唯一美中不足的就是它刚一开唱便结束了。整曲鸣啭似乎只像一章序曲，如果这鸟儿肯接着唱完，再给我们带来一曲尾调，那么它将会是所有鸟类歌者中的歌王。

在与这片开垦地相毗邻的低洼树林里，有一条满是鳟鱼的小溪，我在那里尽情追逐、辨认各类莺鸟，玩得不亦乐乎——斑点加拿大威森莺、黑喉蓝林莺、黄腰白喉林莺，还有奥杜邦林莺。这是我第一次看见奥杜邦林莺，它正领着一群儿女穿行在河岸边昆虫密布的茂密灌木丛里。

正值八月，所有的鸟类都在换羽，只断断续续地发出几声简短的叫唤。在整趟行程中，我记得只听到过一只旅鸫的啼鸣，是在林中深处的波瑞阿斯河畔。听到其歌声就仿佛听到一位老友喊出我的名字。

离开休伊特家时，我们多了位向导，是他家中最小的儿子，所有人眼中的“小家伙”：他大约二十岁，是一个地地道道的林区居民。一出发，我们一行人便急匆匆地向树林奔去，目的地为波瑞阿斯河上的静水湾，位于哈德逊河一条偏远支流中的一个深长又幽暗的隐秘河段，距离约六英里。在那儿我们逗留了两三天，在一间简陋的伐木工人的小屋里安顿下来，用留在那里的一只旧炉子煮鱼。最值得一提的是，我独自从静水湾中捕获六条大鳟鱼，而我们的向导之前使出浑身解数、耗尽其耐心，却收获甚微。此处一看便知有许多鳟鱼，但由于季节已晚，水温偏暖，我断定鱼躲在深水区，这样很难上钩。因此我决定在靠近河口的深水区寻找它们的踪迹。我捉了一条白鲑，把它切成约一英寸长的小段，作为鱼饵，然后在静水湾河口的水流一侧放了钩。不到二十分钟，我就钓到了六条大家伙，其中有三条长度超过了一英尺。向导和我那群半信半疑的伙伴起先只是在对岸观望，在见识到我的好运之后，便急忙拿起鱼竿抛出鱼钩，先是掷向离我尚有些距离的地方，后来又全聚到我周围，但一条也没钓上来。霎时，我也运气全无，但我已经让向导心服口服。从那以后，他与我讲话的口气及对我的态度就变得像对待同道中人了。

一天下午，我们沿溪向下两英里，探访了一处最近新发现的洞穴。从山侧的一处大裂缝艰难地挤进去，辗转行进了大约一百英尺后，我们来到了一段拱

形通道。那里长年不见天日，一片漆黑，在每年的某个特定时段里，总是栖息着大量的蝙蝠。还有许多其他的洞穴及窟窿通往这里，我们只探寻了其中的一些。在洞内到处可听见潺潺的流水声，可见这附近有一条小溪。由于其常年无休止的侵蚀，洞穴和入口都已变得坑坑洼洼。这条小溪自洞口流出，源头在山顶的一个湖泊，解释了水温温暖的原因，当我们用手试水感受到水温后无不惊奇万分。

这些林子里鲜见鸟类。一只灰背隼悄悄地经过我们的营地；五子雀领着他们的儿女穿过高高的树丛，时不时可以听见远处传来它们尖细的叫声。

第三天，向导提议带我们去山上的一个湖泊，说在那里我们可以顺河漂流，寻觅鹿的踪迹。

我们的旅程之始便是一段陡峭崎岖的上坡路，经过一小时的艰难攀爬，终于登上一片覆满松树的高地。这里多年前曾遭伐木工人蹂躏，但如今又恢复一片原始风貌，因此给我们本就艰难笨拙的跋涉再添重重障碍。林子里多为松树，但也不乏纸皮桦、山毛榉和槭树。对于我们中那群辛辛苦苦背着枪的人而言，最大的补偿莫过于猎物现身时劳有所得的满足感。偶尔会有一只披肩榛鸡从我们面前扑腾着飞过，或是瞧见一只红松鼠一边偷笑一边匆忙地蹿回巢穴；除此之外，林子里似乎再无居民。途中最引人注意的物体是山侧的一棵巨松，很显然是某个史前良种中的遗世之作，静静地掌管着大簇纸皮桦。

约正午时分，我们走出树林，面前是一片狭长的浅水区域，向导称此处为“血鹿湖”，而这一名称源于很多年前一只驼鹿在此被杀的传说。我们环顾这孤寂苍凉的景色，向导最先发现有个小家伙正在啃食睡莲的叶子，我们立即想当然地认为那是一头鹿。正当我们焦急地等待它的动静好印证我们的这一猜想时，它抬起了头，天哪，瞧！是只大蓝鹭。见我们靠近，便立即张开长长的翅膀，姿态庄严地飞到湖对岸的一棵枯树上去了，这一举动非但没有缓解反而加重了笼罩在这情境中的孤寂与荒凉之感。见我们继续前进，它便在我们前方从一棵树飞到另一棵树，显然很是讨厌在自己那片古老而僻静的领地里受到打扰。

大蓝鹭
great blue heron

湖边，瓶子草生机勃勃，沙地中星星点点的龙胆开出蓝色的小花。

走在这个荒凉孤寂的湖边，我的心似乎因期待而微微悸动，好像大自然的某些秘密将于此揭开，或者，某种闻所未闻的珍稀物种将在这里现身。人们的心中一直存在这样一种朦胧的怀疑，即万物起源似乎都与水有一些关联。因此当人们独自散步时总会受到一股奇特的吸引，情不自禁地追随沿途的小溪、湖泊，好像在那里就会有惊喜和奇迹发生。曾有一次，我走在伙伴们的前面，从一块高石上看见靠近岸边的水里似有动静，可走近一看，只发现了麝鼠的痕迹。

紫瓶子草
purple pitcherplant

瓶龙胆草
closed bottle gentian

我们在林中艰难前行，被松树节疤磕绊，经历重重险阻，终于在约午后三时到达了目的地纳特湖。一汪秀水，就像一面镶嵌在山中的银镜，约一英里长，半英里宽，周围环绕着大片幽暗的树林，有凤仙花、铁杉和松树。和我们刚刚经过的血鹿湖一样，满眼尽是无垠的孤寂。

这种万般寂寥的孤独感并非仅仅来自树林本身。森林中有各种声响和动静，给人一种无形的陪伴感，走在其中只不过像一棵行走的树；但是当你来到山中的湖泊前，那种无边的野性就完全释放出来了，荒凉的气息扑面而来。水不变却万变，让荒野更显荒凉，也使得文化与艺术更为精粹。

我们行至这面湖的尽头，水很浅，湖底的石头显露，就像在夏季的小溪里似的，且处处可见我们苦苦追求的猎物的踪迹——足迹、粪便以及被啃食或被连根拔起的睡莲叶子。休息了半小时，又在猎物袋中装满新得的战利品——本地最肥美的青蛙，我们鱼贯而入木质松软、树脂丰富的松林，打算去湖的另一端露宿——向导向我们保证说那里有一座现成的猎人小屋。行进半小时后，我们到达目的地，那座小屋让人喜出望外——如此的热情好客，似乎林中一切的亲切慈善之力都从此处孕育。小木屋看起来有些许简陋，建在离湖约一百码的一处浅洼地上，但出于猎人的职业考虑，小屋无法直接看见湖，它掩映在一片桦树、铁杉和松树的浓荫之中，周围还有一圈凤仙花和冷杉。它的式样尚可，三面抱墙，树皮作顶，树枝为床，门前还有一块岩石作生火的灶石。附近传来隐约的潺潺流水声，我们循声而去，发现一条水质甘甜的小溪，其上被苔藓与岩屑覆盖，就像覆盖了一层新雪，但有水从一个个像井眼似的小洞中流出，好像是特意为我们行个方便。我注意到原木的光滑面有以女性笔迹刻下的女性姓名，向导告诉我们曾经有一位英国的女艺术家，带着一名向导横穿这一带徒步写生。

解下背囊，烧了开水之后，我们的第一件事便是去弄清楚那艘所谓的独木舟的保存情况，向导信誓旦旦地说他去年夏天将它锚泊在附近，要知道，我们搜寻鹿的全部希望都寄托在这条假定存在的独木舟上。经过一番寻觅，我们终

香脂冷杉
balsam fir

凤仙花属水金凤
western touch-me-not

于在一棵已经倒地的铁杉的树冠下找到了它，不过它早已受损严重。独木舟一端有一大块树皮已脱落，在吃水线的附近还有一道可怕的裂缝。不过，等我们将它从树冠下救出来，又用了些苔藓填上裂缝后，它居然可以载着两个人浮起来，对我们而言这已经足够了。此外，再做一盏防风灯和一支船桨便一切就绪。未等太阳落山，我们那位能工巧匠便施展精湛的木工手艺，将两样东西备齐了。他以奇迹般的速度将一截小纸皮桦的树枝削成一把浆的形状——打磨处理得十分光滑，几乎无可挑剔；这绝不是什么临时凑合的替代品，而是一件完全符合其精工细作要求的专业工具。

以同样精湛的技术与同样神奇的速度，一盏防风灯也已成型。先将一根长约三英尺的结实木棒立在船头，再从一个洞眼儿里将其插入横栏加以固定，木棒在其中可自由转动；从一块大木片上切下直径八到十英寸的半圆形木片，置于木棒顶端，周围裹上一圈新鲜的桦树皮，这就做成了一个初步的简易半圆形反光镜。再在圆圈中放上三支蜡烛，一盏防风灯便大功告成。我们的巧木匠还用苔藓和树枝布置出两个座位——一个是位于船头的射手之位，另一个是位于船尾的桨手之座。一顿满足的青蛙与松鼠宴让我们做好了充足准备，当夜幕降临，我们无不热切期盼着它带来的好运，尽管我无论如何都称不上是一个用枪的行家——我对枪有着极高的热情，但射击技术平平——然而大家似乎都默契地认同由我来担任射手射杀那头鹿，假如我们真有这种好运的话。

当天完全黑透之后，我们沿溪而下，做了一次短途尝试，一切正常。于是在十点左右，我们便迫不及待地出发了。我第二十次摸了摸装着火柴的口袋，在心里不停地回想着我的预定动作，一边紧紧握住枪，确保万无一失。我一动不动地跪在防风灯下，等到口令发出便把灯点亮。夜清明，月无光，万籁俱寂。快到湖心时，一阵微弱到几乎无法察觉的清风从西边吹来，我们就这么悄无声息地顺风滑过。向导是一名技术高超的桨手，他不会将桨从水下提出，也不会让桨划破水面的平静，完美保持着我们所期待的那种平稳一致的动作。周围真静啊！耳朵似乎是主宰湖面与森林的唯一感官。偶尔船身会轻触一枝睡莲，俯下身去，我可以听见船头之下的呢喃细语。除此之外，再无声响。忽然，犹如被施了魔法一般，我们被一个巨大的黑环包围。当我们到达湖心时，水面在星光下闪着淡淡的光，而那包围着我们的、幽暗漆黑的森林，在水面形成倒影，岸上岸下合成一圈宽阔无隙的全黑环带。这场景就像某个大魔术师的神秘招数，委实令我们诧异，好像我们刚刚跨过了现实和虚幻的边界，进入了一片阴影与幽灵的国度。向导划动的究竟是何魔桨，竟能将我带入这样一片疆界！事实上，难道是我犯了什么弥天大错而把我们那位忠实的向导丢在了身后，会不会是什么暗夜巫师顶替了他的位置？近岸处汐水轻拍湖岸，打破了这一夜魔咒，我紧张地转向桨手。“是麝鼠。”他说着，然后继续向前摆渡。

快到湖的尽头时，船缓缓地调了一个头，我们又再次悄无声息地划进那片神奇的环形怀抱。如方才所听，细响依旧，却毫无任何我们苦苦等待的猎物出现的征兆；我们就这样回到了出发点，两手空空，一如出发之前。

休息一小时后，临近子夜，我们再一次出发。等待非但没有降低我的警戒心和灵敏度，反倒使之更为强烈，夜色也愈加浓厚深沉。午夜时分，天空呈现出这个时节里常能在子夜看到的那种柔和光泽，“几颗又大又亮的星星”[①]温柔地向大地投下清辉。一如之前，我们再次漂进那个似幽灵般的阴影地带，缓缓前进。夜静得让人心悸。偶尔，头顶传来几只飞鸟掠过时发出的、微弱的“耶噗”的鸟鸣；或一只蝙蝠急速飞过，翅膀呼扇出的飒飒声；或只是从山中传来一阵猫头鹰的叫声，这一切足以给这漫漫孤寂以亮光。近岸处频频传来些许响声，惊得我不由向船尾那位一声不吭的桨手投去探寻的目光。

① 选自沃尔特·惠特曼（Walt Whitman，1819—1892）的诗《自我之歌》（*Song of Myself*），节选原文为“large few stars”。

又到了湖的尽头，我们再一次掉头。新奇感和兴奋感都开始减退，困倦本能地开始叫嚣；小舟缓缓而行，射手在座位上昏昏欲睡。没过多久，一阵声响把我惊醒了。“那里有头鹿。”向导低声说。枪听闻后，迅速跳进了我的手里。听，先是一阵细枝被踩断的声音，紧接着是某种动物蹚过浅水而发出的响声。声音来自湖的另一端，就在我们营地的对面。我们继续前行，依旧悄无声息，却逐渐加速。不一会儿，带着一股新鲜强烈的兴奋感，我看着小船渐渐靠近那个方向。这个时候，对于一个看见灰松鼠就兴奋、突遇狐狸就忘记手中有枪的猎人而言，是一个绝无仅有的严峻考验。我突然觉得空间狭窄，伸不开拳脚，但调整船内布置已无可能。可我似乎非得弄出些声响来。“点灯。”我身后传来一声轻轻的低语。我笨手笨脚地摸索着火柴，由于太紧张，第一根火柴掉了。第二根划得太快，蹭过我的膝盖，结果断了。第三根着了，但在我急急忙忙想点亮灯时，它过早地熄灭了。我怎么就点不着这讨厌的蜡烛！很快就要靠岸了，已经开始有睡莲触到船底。再试一次，终于成功。小船的荡漾使得火光摇曳，刹那间，一团巨大的光亮洒落在我们前方的水面上，而船身依然在无尽的黑暗里。

到了此时，我已不再如先前般紧张，重新恢复了沉着镇定，而且异乎寻常的警觉敏锐。我已经做好应对一切突发状况的准备，然而周围寂静无声。没过一会儿，岸边的树木已经依稀可见。每一个物体看上去都像一头巨鹿，那块巨石像是要跳着逃走，那棵倒地的树木的枯枝定是鹿角无疑。

可是，那两个小亮点是什么呢？还需要我再解释吗？转眼间，一个真正的鹿头的轮廓出现了，接着是脖颈和前肩，然后是整个身体。它就站在那里，在没膝的水中，目不转睛地盯着我们，显然是在刚刚低头找睡莲的过程中被烛光吸引了，以为这儿有个奇怪的月亮正在嬉戏。“开枪。”有个声音及时提醒我。

驼鹿
moose

随即一声巨响。水中一片混乱，林中一阵骚动。“它逃了。”我说道。“等一下，”向导说，“我带你去看看。”独木舟迅速靠岸，我们跳下船冲上岸，高举防风灯，借着它的光亮四下搜寻。在那儿，越过那簇原木和灌木，我再次发现了那两个小亮点。可是，可怜的小家伙！已经没必要再来一枪了，那实在太过残酷，因为鹿已经倒在地上奄奄一息了。我们的胜利也不值得夸耀，因为这只是一头年老的雌鹿，显然整个夏天为养育幼子所付出的精力已让她心力交瘁。

这种猎鹿的方式非常新颖且独特。猎物显然是受到吸引或感到迷惑，但丝毫不显恐惧，反倒像是惊呆了，或是中了什么咒语。仅仅抓住猎物出现恐惧感或想要逃跑的瞬间开枪是不够的，要想成功猎中，必须赶在其最初的困惑消失之前迅速出手。

从岸边观望湖面，回想当时的场景，我想不出还有什么更为突兀更为惊悚的事了。你没有看见任何动静，没听到任何声响，只有一束光打在身上，死死地盯着你，仿佛来自地狱的一只巨眼。

据向导所说，鹿一旦体验过这种把戏并逃跑后，就绝对不会再次上当。上岸时，它会喷出一声长长的鼻息，告诫所有能听见的动物赶快避闪。

猎鹿之后我又小试身手，用左轮手枪射杀了一只兔子，准确地说是只野兔。野兔被营地的篝火和周围躺着的人吸引，胆大妄为地跑到了我们中间；然而，正当它品尝放在大树根旁的一罐开了盖的炼乳时，这只可怜的兔子冷不丁地中了一枪。

那些寄宿于大自然里的人会发现，早起是一件再正常不过的事情。正是一张柔软舒适的床，使得人类与天地隔绝，这才影响了我们在这方面的习性。对于一个睡在卧室的城里人来说，清晨不是清晨，而是早餐时间。但对于野外宿营之人而言，空气中都可以感受到清晨，能嗅到它、看到它、听到它，能随自然万物清醒地一跃而起。当早饭的吆喝声响起时，没人磨磨蹭蹭，全都冲到一棵倒地的树干前，上面摆了一排白色木片充当餐盘，大家都迫不及待想尝尝鹿肉。结果几乎没有人再愿意吃第二块，因为肉又焦又硬。

天空澄澈，气温宜人，我们不慌不忙地到处晃悠。森林是属于大自然的，能于其中漫步真可谓是一种奢侈的享受。它广阔茂密、充满神秘感，同时又有独特的成熟与柔和的一面。这里没有大火肆虐或木工砍伐的迹象。每一根树干，每一条树枝，每一片树叶，都原封不动地躺在它们倒下或落下的地方。每走一步都陷入厚厚的苔藓中，它像一层柔软的绿雪覆盖万物，使小石头成为座椅，大岩石成为床榻——森林变成了一间古斯堪的纳维亚式豪华大客厅，其布置与装饰已超越一切艺术与人工技巧。

一簇石松随意地垂倒在松树根部，就这么铺成一块地毯，我惬意地在上面小憩片刻，醒来后发现自己成了一群黑顶山雀的讨论对象。不一会儿，三四只羞怯的森莺也飞来观摩我这个信步闯进它们领地的奇怪生物。除此之外，我的

雪松太平鸟
cedar waxwing

到来并未引起别的动物的注意。

在湖畔，我遇见了那个果园中的美人——雪松太平鸟。它正在享受着自己的假期，不过因为能够以万分的精准和从容模仿霸鹟的特点，它常被误认为是霸鹟。仅仅一个月前我还看见它在花园和果园里享用樱桃，但当三伏天临近，它便动身搬迁到溪流和湖泊边，娱乐活动也变成更为刺激的逐猎游戏。它站在湖边的枯树顶上，从那里它可以向各个方向出击，在空中划出长长的曲线，上下翻飞，时而冲上云霄捉一只苍蝇，时而俯冲向下几近水面去捉另外一只，不一会又飞回树顶休憩，准备下一轮的游戏。

松金翅雀也在这儿，不过像往常一样，看起来不太自在，像是在等待或期待着什么。我还在这里见到了动人的歌者隐夜鸫，却并未听见它歌唱。一到两周后，它便要启程南下了。这是我在阿迪郎达克山区见到的唯一一种鸫鸟。但在长着大片覆盆子和野樱桃的桑福德湖附近，倒是见到了许多隐夜鸫。我们在途中遇见一个牧童，他正在往家赶几头走失的牛，他说这种鸟是“披肩榛鸡”，无疑是因为当隐夜鸫受到惊吓时发出的声音类似于披肩榛鸡的咯咯声。

纳特湖中有鲈鱼和太阳鱼，却没有鳟鱼，大约是因为其水质不够清澈，鳟鱼无法生存。还有别的鱼像鳟鱼一样挑剔至此吗？要求其繁殖和生存环境达到

红胸太阳鱼
redbreast sunfish

如此极致的和谐与完美程度？在距此约一英里的高地上倒是有一个鳟鱼的池塘，岸边陡峭多石。

接下来，我们在荒野中徒步约十二英里，其中大半路程都顶着瓢泼大雨，最终来到一个叫下铁厂的地方。它位于通向长湖的路上，但距离长湖大约还有一天车程。我们在这里找到了一家格外舒适的旅馆，既能避雨又温暖舒适，十分自得地享受着。当地居民不多，却有一些相当不错的农场。此处可一览无余地看到印第安隘口北段、马西山以及毗邻的山脉。我们到达的当天下午和翌日清晨，浓雾笼罩了一切。不过到了午前三时，风向转变，云消雾散，我们得以见到这一路走来最为壮丽的山色。群山位于约十五英里外，层层叠叠——马西山、麦金太尔山、戈尔登山，它们才是阿迪朗达克山脉的真正主宰者。这景象着实令人叹为观止，亏得风这位换景师陡然揭去幕布，此间美妙更为生色。

我在此地还见到了拟鹂、鸦鸟、褐腰草鹬、加拿大啄木鸟以及一大群红喉北蜂鸟。事实上，我从没在任何地方看到过比此处还要多的蜂鸟。它们嗡嗡地鸣叫着，简直片刻不歇。

阿迪朗达克炼铁厂已成为历史。三十多年前，泽西城的一家公司购买了阿迪朗达克河沿岸约六万英亩富含磁铁矿的土地；随后，那片土地被开垦，人们建起了道路、大坝及锻造车间，正式开始冶铁。

当时人们在哈德逊河上建了一座大坝，因此河水回流至上游约五英里处的桑福德湖。湖泊本身长约六英里，在哈德逊河回流后，便形成了一条约十一英里长的水路，船可由此航行至上铁厂。上铁厂似乎是唯一一家曾经投入生产的工厂。在下铁厂，除了大坝的遗迹，唯一可以见到的铁厂曾存留的痕迹便是一处长而矮的土堆，杂草丛生，像是一个粗陋的土方工程。有人告诉我们说，这儿曾经有一堆木材，大约好几百考得[①]，锯得整整齐齐、

① 考得（code）：柴薪体积单位，合 128 立方英尺，约 3.6246 立方米。

大小均匀，就堆在那里，本是打算用来烧熔铁炉的。

在距此大约二十英里的上铁厂，人们曾在那里建了一个规模不小的村落，但现在只剩一户人家，其余的全荒弃了。

我们下一步就是去那个被遗弃的村落。我们先沿河向上行进了两三英里，途中经过了三四个残株遍地的荒芜农场。抵达湖泊后，继续沿着岸边蜿蜒而行，这里这条年久失修的木排路迫使你不得不留心脚下。沿途我们看见了冠蓝鸦、两三只小鹰，一只孤单的旅鸽，还有披肩榛鸡。透过枝丫，时不时可以看见潋滟的水光。我们从一座摇摇晃晃的桥上走过，下方就是湖的某个支系或水湾。继续前行了一阵，路边开始出现荒废的房屋。令我印象最深的是一座小木屋，门上的门闩已经脱落，就那么斜靠在门柱上；窗户上只剩几块窗格，透着空洞的光；庭院和小花园里到处都是猫尾草，篱笆则早已腐坏。在湖口处，一栋高大的石头房子从陡峭的岸上凸伸出来，悬空于路面。出了河谷向东没多远，我们眺望前方，约一英里外一根孤零零的烟囱上炊烟袅袅。我们加快脚步，在夕阳西下时走进了那个被遗弃的村子。狗发现了我们，它的叫声引得全家人都上街观望，他们就那么静静地站着等待我们走近。在这里出现生面孔可是件新鲜事，我们受到了老相识似的热情款待。

户主亨特是爱尔兰人，却是个典型的美国移民。他的妻子是苏格兰人。他们有五六个孩子，其中两个女儿已经成年，和在任何地方见到的女孩子都一样——样貌清秀，举止端庄。大女儿曾在纽约与其姑姑过了一个冬天，或许正因如此，当见到陌生的年轻男子时，她显得更为忸怩。亨特受雇于一家公司，以每天一美元的报酬负责住在这里照看这片土地，防止蓄意破坏，而让这片土地自然而体面地衰败是允许的。他住在一栋宽敞坚固的木屋里，周围有大片草场和木林。他建了一座豪华的谷仓，里面囤满了粮食，他还种了许多作物，养了一些牲畜，但仅供自家食用，因为这里的交通极其不便，送去距此约有七十英里的集市售卖显然无望。通常，他一年去一次位于尚普兰湖畔的泰孔德罗加镇，采购家中所需的种种杂货。邮局位于十二英里外的下铁厂，邮差一周来两次。

方圆二十五英里内，没有医生，没有律师，也没有牧师。冬季里，一连好几个月他们都见不到一个生人，夏天偶尔有前往印第安隘口和马西山的游人途经这里。每年有成百吨上好的干猫尾草在这片已被开垦的土地上腐烂入土。

夜幕降临后，我们出了门，在杂草丛生的乡野小路上来回散步。这里的景象既令人好奇又使人忧伤，地处偏远、四目荒凉使得此景在我的脑海中挥之不去。接下来的两天我们在此处进行了深入探索。村里共有三十余座房屋，大部分都是一门两窗的小木屋，屋前有个小院子，屋后有片小菜园，就像乡下工业厂区工人通常居住的那种房子。有一幢两层楼的大型公寓楼，一个穹顶设计、内部还挂了一口钟的学校，还有许多库棚、车间和一个锯木厂。在锯木厂前面，堆着一大批等着被装上马车运走的松树原木，但如今已腐烂到用一根手杖就能戳穿的地步。不远处，一间堆满木炭的房子突然被风吹开，木炭就这么散落在地上，白白浪费掉。熔铁车间也随着时间流逝而逐渐倒塌锈蚀。校舍倒还在使用，亨特的一个女儿每天把弟弟妹妹召集到这里继续学业。村子里的图书馆有近百本可阅读的书籍，每一本都被翻得很旧了。

美洲狼鲈
white perch

河黄鲈
yellow perch

由于不存在社交之类的活动，整家人都十分喜爱读书。我们从下铁厂帮他们拿回了一份待取的带插图的报纸，家里每个人都如饥似渴地读了一遍又一遍。

铁矿石在这里到处都是，而且很明显其中的铁储量十分丰富，这点从路边的石头里就能看得出来。但问题在于很难将铁从其余合金中提炼出来，再加上运输成本高昂，以及铁路修建计划的落空，炼铁厂最终被迫关门。但毫无疑问的是，用不了多久，待这些问题被一一解决，这片区域将会重新开放。

眼下，这里还真是个好去处。无论垂钓、打猎、划船或是登山，都很便利，而且晚上还有一个可遮风挡雨的住所，这可不是件小事。游人无法好好享受林间种种乐趣的原因，通常都是因为缺乏睡眠及饮食不当，如果这两点顾虑都能好好解决，人们就能兴致十足地应对各种挑战了。

村子的东北方向外约半英里，是亨德森湖，一个形状不规则却风景如画的地方。湖的周围是一圈郁郁葱葱的常青树木，还连着两三个险峻的岬角，岬角由岩石构成，呈白色和灰色。这个湖往任意一个方向延伸的最远距离可能都不超过一英里。湖水极其清澈，有许多鳟鱼。一条由印第安隘口而下的大溪流注入其中 。

村子往南一英里，是桑福德湖。那里的水域更为开阔，湖体也比亨德森湖大得多，湖边的某些位置是观赏马西山和印第安隘口峡谷的绝佳地点。印第安隘口就像山体上的一道巨大的裂缝，其一侧的灰色山壁高达几百英尺，直插云霄。桑福德湖盛产美洲狼鲈、河黄鲈和狗鱼，人们常常能在这里捕到重达十五磅的狗鱼。不论是桑福德湖还是亨德森湖都是野鸭的聚集地。我们在湖上见到一群普通秋沙鸭，幼鸟还不会飞，引得我们奋力划船追赶，可惜我们的一叶扁舟只凭着两只船桨，是无论如何也追不上它们的。尽管如此，每天只要我们上湖划船，总是忍不住对它们一阵穷追猛赶，以至于我们后来要花好一阵子平复心情，静下来钓鱼。

湖东面的那片土地已被烧光，现在主要长着野樱桃和红覆盆子丛。这里随处可见披肩榛鸡，也有许多枞树镰翅鸡。我曾一次在一小时内猎得八只，其实第八只并非我击毙的，因为子弹用尽，最后一只是我借助光滑的卵石猎杀的。那只年老的枞树镰翅鸡在受伤后像受惊的母鸡一般钻到一堆灌木下面，我用一根有叉的树枝从灌木的缝隙间刺进去，很快便了结了它。这里也有许多旅鸽，以至于招来一只不讨喜的纹腹鹰。一群旅鸽落在沼泽边一棵枯死的铁杉树顶上，我翻过篱笆，穿过空地，向它们走去。还没走几步，抬头一看，发现这群鸟已从铁杉树上飞起，正围着一座山的山脚急速盘旋呢。而此时那只鹰落在了那棵树上，我忙退回到大路上，正驻足犹豫往哪边走，就在那一瞬间，那只鹰突然凌空而起，箭一般直直向我扑来。我吓得呆住，可过了半分钟不到，它离我的

纹腹鹰
sharp-shinned hawk

脸就只有不到五十英寸了，好像瞄准了我的鼻子般向我全速冲来。几乎出于下意识的自我防卫，我举起枪将一管子弹全数向它打去，瞬间，那只胆大妄为的掠夺者就面目全非地摔落在我的脚边了。

至于熊、美洲豹、狼、猞猁之类的野生动物，我们在阿迪郎达克山既没看见过，也没听到过其叫声。梭罗曾说："荒野的咆哮[1]，其实从未有过咆哮，多是出于旅人的想象。"亨特说他经常在雪地上看见熊的爪印，但从未见到过真正的布吕安先生[2]。相比之下，哪里都或多或少有些鹿，还有一位老猎人声称这座山里还有一只仅存的驼鹿。回程途中，我们借宿在一户早期拓荒者的家中，他向我们讲述了他和一只豹子斗智斗勇的漫长冒险经历。他描述了豹子如何怒吼，如何在灌木丛中追着它不放，他又是如何逃上船，看见岸边

① 选自《圣经 · 申命记》，原文为"howling wilderness"。

② 布吕安（Bruin）：法国动物童话《列那狐的故事》中棕熊的名字。

加拿大猞猁
Canada lynx

的豹子双眼闪着寒光，他如何用来复枪击中其双眼再给它致命一击。同时，他的妻子从抽屉里拿出一样东西，当她的丈夫绘声绘色地讲完这段冒险后，她向我们展示了这只豹子的脚趾甲，为这个故事增添了显著的戏剧效果。

其实，这些钓鱼、打猎、赏景或昼夜的冒险，都远远不及走进原始的大自然并与之进行无言的交流。这就像是通过山间的湖泊和溪流去感受人类远古母亲的脉搏，去了解她的血管之中蕴含了怎样的力量和活力，以及她是怎样旁若无人地恣意生长。

Chapter 4
鸟巢

银白槭
silver maple

鸟类对外界是多么机敏警觉！即便正全神贯注地筑巢，也一刻不放松警惕。在丛林中的一处空地上，我看见一对雪松太平鸟正在一棵枯树顶部收集苔藓。循着它们飞行的方向，我很快便在一棵小银白槭的树杈上找到了它们的巢穴。这棵银白槭的周围，是郁郁葱葱的野樱桃树和小山毛榉。我小心翼翼地躲到树丛下，毫不顾忌会被在树上忙活的“建筑工人”不小心掉落的材料或工具砸到，静等那对忙碌的伴侣回来。不一会，随着那一声熟悉的鸟鸣，雌鸟从空中俯冲下来，毫无戒备地落到了建了一半的巢穴中。还没等收拢双翼，它的视线便穿过了我的掩蔽发现了我，随后警觉地快速飞离。没过一会儿，雄鸟衔着一簇羊毛（因为附近有片牧羊的草场）飞回来，同雌鸟一道躲进灌木丛中，侦查周围的环境。它们喙里都还叼着东西，惊惶地四处乱飞，却总是不愿接近巢穴。直到我离开树丛，趴到一根圆木后面，其中一只才壮着胆子飞回巢中，但还是觉得有什么不太对劲，便再次快速飞走。又过了一会儿，它们结伴飞回，在反复地观察、窥探了许久，且显然还经过紧张的磋商后，方才小心翼翼地继续筑巢。不到半小时，衔来的羊毛就已经多到仿佛可以给所有家庭成员织袜子的程度了，只要有一双灵巧的手和一根上好的针来完成这项编织工作——这一切是那么真实，寄托着两名伴侣对未来的期许。之后不足一个星期，雌鸟就开始产蛋——

四天共产下四枚——蛋壳白中带紫，钝圆的一端有黑色的斑点。经过两周的孵化，雏鸟破壳而出。

除了美洲金翅雀，春天筑巢的鸟类中，就属雪松太平鸟最晚动工。我们北方气候寒冷，这种鸟往往要到七月份才开始筑巢，而这么做的理由，或许同美洲金翅雀一样，在那之前的几个月中找不到适合雏鸟吃的食物。

和旅鸫、鹀鸟、东蓝鸲、东绿霸鹟、鹪鹩等大部分常见的鸟类一样，雪松太平鸟往往也会选择在一些荒凉偏僻的地方筑巢来抚育下一代，但有时也会将巢筑在靠近人类住所的地方。我曾在某一季看见一对雪松太平鸟将巢筑在一棵苹果树的树杈上，这棵苹果树紧挨着一栋房屋。在筑巢前的一两天里，我注意到这对鸟儿仔细勘察了这棵树所有的枝丫——雌鸟打头阵，雄鸟焦急不安地跟在后面，担心地叫着。很显然，巢址的选择这次由妻子拍板。仿佛心中已经有了标准，雌鸟不停地寻找中意的地点。最终，巢址定在了一根高高的树枝上，这根树枝向外伸展，越过一间低矮的耳房。巢址确定下来后，这对夫妇互相抚弄羽毛，庆贺了一番，然后双双飞走寻找筑巢的材料。最常用的材料是一种生长在荒地中的棉状植物。雪松太平鸟筑的巢对于它们这样体型的鸟来说又大又舒适，而且不论从哪方面看，都是一等一的。

还有一次，我在丛林里散步，或许称之为闲逛更贴切（因为我发现一个人在奔跑的时候是无法观察自然的）。突然，一阵沉闷的敲击声吸引了我的注意，显然就在几杆开外。我自言自语："一定是有鸟在盖房子。"根据我之前的经验，应该是红头啄木鸟在附近某棵栎树的树桩顶上筑巢。我小心翼翼地沿着声音传来的方向前进，在一根腐朽的树干顶部附近看到了一个圆洞，大小和用一英寸半螺旋钻打出来的差不多，下方地面上洒满了白色的木屑。但在距离这棵树还剩几步之遥时，我踩到一根枯树枝，发出咔嚓声，虽然声音非常轻，但啄木声随即停止了，一个鲜红的脑袋从树洞里探了出来。尽管我纹丝不动，眼睛都不敢眨一下，到后来双眼都开始刺痛了，但这只啄木鸟依然没有继续工作，而是悄无声息地飞到了旁边的一棵树上。在老树内部忙着工作的同时竟然能捕捉到

红头啄木鸟
red-headed woodpecker

外界再细小不过的声响，这种警觉性让我吃惊不已。

啄木鸟筑巢的方式大同小异：先在腐朽的树干或树枝上啄出一个洞，然后把蛋产在树洞内部柔软的木屑里。尽管这样的鸟巢在艺术性方面略有欠缺——因为建造时所需的是力量而非技巧——却能为鸟蛋和雏鸟遮风避雨，还能使其免受冠蓝鸦[①]、短嘴鸦、老鹰、猫头鹰等天敌的威胁。啄木鸟筑巢从不会选有天然树洞的树，而会选那些腐朽了一段时间，木质从内到外都变得松软的树。筑巢时，它们会先沿着水平方向凿出一个直径几英寸的洞，再将树洞凿得圆润平滑且符合自身大小，接着向下逐渐把洞凿大。根据树木本身的松软程度及雌鸟产卵期，它们有可能把洞凿十英寸深，也有可能凿十五或二十英寸深。开凿树洞时，雄鸟和雌鸟往往交替工作。一只鸟先忙活十五到二十分钟，凿开洞穴、清理碎屑，然后飞上一根树枝，发出一两声响亮的鸣叫，听到呼唤后，伴侣不久便会赶来，在其身边降落。两只鸟啁啾着互相抚弄一会羽毛之后，由刚来的那只进入树洞工作，先前那只则展翅飞走。

① 原文 jay，泛指多种鸦科鸟，此处取较为常见的冠蓝鸦。

几天前，我爬上一棵枯死的糖槭树，去看位于树顶的一个绒啄木鸟的巢。为了更好地防雨，这个直径远不止一英尺的洞紧贴在一根几乎是从主干上水平伸出来的树枝下面。在树枝的掩映下，它看起来仿佛只是漆黑斑驳的树皮上一块颜色更深的阴影，只有当人走近到离它几英尺才能用肉眼辨识出来。我靠近鸟巢时，幼鸟兴奋地叽叽喳喳叫个不停，以为是妈妈带了食物归来；可当我把手放在主干上它们藏身的那一段时，喧闹声戛然而止，不同寻常的震动和摩擦让它们警惕地闭上了嘴。这个洞约十五英寸深，呈葫芦形，雕琢技巧精湛，形状规则匀称，内壁光滑洁净，灿然一新。

在卡茨基尔山的支脉比弗基尔群山，我曾撞见的一对黄腹吸汁啄木鸟在一棵被砍去一半的老山毛榉树桩上喂养子女，那情景令我

至今难忘。这种鸟是此地的森林里最为罕见也最为孤僻的一种啄木鸟，其美貌程度仅次于绝世美人红头啄木鸟。当时，我们一行三人在大山深处转悠了一整天，为了寻找隐藏在某处的一个鳟鱼湖。我们在人迹罕至的森林里两度迷路，又累又饿，只得坐在一根腐朽的原木上休息。然而这片刻宁静并未持续多久，很快幼鸟叽叽喳喳的叫声及成鸟来来往往的穿梭声便吸引了我的注意。这家的屋巢入口位于树干东侧，离地面约二十五英尺。每隔不到一分钟，鸟爸爸及鸟妈妈就会衔着蛆或毛毛虫先后飞落到洞口，然后轮番俯下身，迅速用目光扫视四周，只一下便将头伸进洞中。此时的成鸟会踌躇一会儿，像是在思考该把食物放进哪一张嗷嗷待哺的嘴里，然后便消失在洞中。约半分钟后，幼鸟叽叽喳喳的喧闹声逐渐平息，而成鸟则再次出现在洞口，只不过这一次嘴里衔着的是家中某个生活尚不能自理的小家伙的排泄物。它缓缓飞起，低着头且尽量将头往前伸，似乎在极力让那不洁之物远离自己的羽衣；将那块难闻的东西丢在离家几码之外的地方后，它飞落到一棵树上，在树皮和苔藓上擦着自己的嘴。这个过程似乎就是它们一整天的行程——不停地飞进飞出。我就这样观察了它们整整一小时，其间它们的行为未发生任何变化，而我的同伴们则轮流勘察周围的地形。我很好奇巢内的雏鸟们是否按照特定顺序等待喂食？还有，在那样一个黑暗拥挤的巢内，喂食行为是如何做得如此干净利落的？不过遗憾的是，鸟类学家对此类话题都尚无论述。

鸟类这种清理粪便的行为并不像乍看起来那么令人惊讶。事实上，这几乎是所有陆禽生物的一个不变的通例。对于啄木鸟及其近亲，以及诸如崖沙燕、翠鸟之类的，喜欢在地表掘巢的鸟类，清理粪便必不可少，因为排泄物在巢内的堆积会给雏鸟带来致命的危害。

但是即便对于那些既不挖也不凿，只在树枝或地面筑一个浅浅的巢的鸟类，如旅鸫、燕雀、美洲雀等，成鸟夫妇会把其孩子们的粪便清理到远处。你要是看到旅鸫以身负重荷似的姿态从巢中飞出来，迥然不同于方才它衔着樱桃或毛毛虫飞回家时的神态，那它肯定是在执此重任。当观察棕顶雀鹀给幼鸟喂食的场景时，你会发现它总是在将虫子喂给雏鸟后稍停片刻，绕着鸟巢边缘跳来跳去，观察巢内动静。

这种讲究清洁的本能毫无疑问是促成上述所有例子里行为产生的内因，但是也不能说其中没有掺杂对自身隐秘及遮掩巢穴的考虑。

只有燕子是一个例外，其雏鸟在排泄粪便时通常站在巢边上直接解决。对于自身隐秘的维护，它们也不甚在意，相比于隐藏巢穴位置，它们更倾向于将巢建在难以靠近的地方。

鸽子、老鹰和水禽，也不太遵循此类规则。

言归正传。当啄木鸟在洞口进进出出时，我得以有机会好好观察它们的体色及特征。奥杜邦曾描述此种雌鸟的头部有红色斑点，但我发现事实并非如此。我见到过很多对啄木鸟，不过从未看到过头上带红斑的雌鸟。

尽管我犹豫了很久，还是将一只羽翼丰满的雄鸟射杀了，打算把它做成标本。次日再次经过那里时，我踌躇了片刻，想看看情况如何。当我听见巢内雏鸟的叫声，看见丧偶的雌鸟，不得不承认我心生了悔意；因为我，这只雌鸟需加倍照料它的孩子，在幽谧的森林里忙碌地飞来飞去，偶然满怀期许地停在某棵树的树干上，发出一声响亮的啼鸣。

在繁殖孕育生命的季节里，无论哪一种鸟类中的雄鸟意外遇险，雌鸟通常会很快再找一位伴侣。在某一特定区域内，几乎总有一些没有配偶的鸟，或雌或雄，这使破碎的家庭得以重建。我记不清是奥杜邦还是威尔逊曾讲过一个故事，说的是一对鱼鹰，将巢筑在一棵老栎树上，雄鸟护雏心切，当有人试图爬上栎树靠近鸟巢时，它竟真的用喙和爪直直向人的脸和眼睛攻去。入侵者随身

崖沙燕
sand martin

鱼鹰
osprey

带了一根重棒，将英勇的雄鸟击落在地，它就这么送了命。没过几天，雌鸟便又寻得一位伴侣。但很自然地，在保护雏鸟这件事上，这位继父完全没有生父那样的气魄和胆量。当危险临近时，它只远远避开，以一副事不关己的姿态平静地四下转悠。

众所周知，无论是野生或家养火鸡在开始产蛋及随后孵化和抚育幼鸟时，会主动远离雄鸡；而此时的雄鸡也十分明智，会主动地与同性伙伴待在一起，或是去自己常去的地方。直到秋末，火鸡夫妇和它们的孩子才会再一次在共同生活区里重聚。可如果有谁试图抢走雌鸡身下的蛋宝宝，或妄想伤害它的孩子，它便会立即呼唤自己的丈夫，雄鸡听见后会马不停蹄地赶来。鸭子及其他水禽亦是如此。繁殖的本能是如此强烈，足以克服一切常规困难。毋庸置疑，由我一手造成的，原本美满的啄木鸟家庭破碎了，只剩一只雌鸟守寡孀居的时日不会太久，一些独居的雄鸟，只要不是对从一开始就接手一个雏鸟已经半大的家庭感到太过沮丧，它都会主动凑上前来，或是被寡居的雌鸟招来。

迟至七月中旬，我还见到过一只俊美的雄旅鸫在对一只雌鸟大献殷勤，它绝对是真心实意的，对此我深信不疑。在我观察了这对旅鸫近半小时后，我猜测那只雌鸟是在寻找当季的第二任伴侣了，但从它光亮艳丽的羽毛来看，它像是一个新来者。可是，雄鸟的每次接近都会遭到雌鸟厌恶地拒绝：它绕着雌鸟高视阔步，并展示、抖动它华丽的羽毛，雌鸟却无动于衷，反而时不时恶狠狠地扑向它。它跟随雌鸟飞至地面，半压着嗓子给它唱了一首悠扬悦耳的歌，给雌鸟衔来一条毛虫，再展翅飞回树梢，绕着雌鸟跳来跳去，叽叽喳喳，情话绵绵;发现入侵者时它勇敢冲上去，随即又回到雌鸟身边。可是没用，雌鸟每一回都干脆利落地打断它的殷勤。

结局如何？我不得而知。因为那只无动于衷的雌鸟很快便飞离了我的视线，而它那位热情执着的追求者也紧随其后。不过，就算现在说雌鸟坚守情感防线无非是出于谨慎，也不能算是一个草率的断论了。

总的来看，鸟类中似乎女权体系盛行，而站在男性立场上考虑，这点显得格外可敬。几乎在所有牵扯到公共利益的事情上，雌鸟都显得极为积极：它选定巢址，而且在筑巢过程中也更为投入；一般来说，雌鸟在照顾幼鸟时更为警觉，在危险逼近时也更为忧心。我曾看见过一只雌斑翅蓝彩鹀，一连几小时穿梭在鸟巢所在的树林与最近的草丛中，只为了给它的一窝儿女衔来蟋蟀或蚱蜢；而它那位衣着更为华丽的丈夫要么远远地站在一棵树上安详地唱着歌，要么在树枝间自娱自乐。

但是，不论就其羽色、仪态还是歌声来看，雄鸟在大多数鸣禽中都显得更为引人注目，这也使得它成为雌鸟的掩护者。人们通常认为，雌鸟羽色更为暗淡是为了在孵卵期更好地隐匿自己；但这个解释并不尽如人意，因为在某些情况下，雄鸟会接替雌鸟孵卵。以家鸽为例，正午刚过，雄鸟便接替雌鸟开始抱窝。我只能这么说，雌鸟的羽色多暗淡或呈中性色，是大自然为了无时无刻不保障其安全的一项措施，因为相较于雄鸟，雌鸟的性命在种族繁衍这一问题上显得更为宝贵。要知道，必须依赖雄鸟完成的重任实际上只消一瞬间便可结束，而需雌鸟投入的时间即便不说以月计，也得数天或数周。①

在向北迁徙的过程中，雄鸟往往比雌鸟先行八到十天；而当秋季南归时，雌鸟和幼鸟会比雄鸟提前同样的天数。

啄木鸟在第一季过后会放弃它们的鸟巢，或者说它们的“大屋”，而这个时候，它们的表亲——五子雀②、黑顶山雀、美洲旋木雀——便将这些房产继承了下来。这些鸟，尤其是旋木雀和五子雀，具备啄木鸟科鸟类的许多习性，但是其喙缺乏如啄木鸟科鸟类那般的力量，导致它们无法自

① 近日，一名研究此课题的英国作者提出了一系列与此项观点完全相左的事实与理论。他认为，鸟类中有一个几乎适用于所有种类的法则，即当雌鸟与雄鸟同样羽色艳丽、引人注目时，鸟巢才能够避开天敌的注意，掩蔽孵蛋的鸟；而当二者颜色有强烈反差，即雄鸟光鲜瞩目，雌鸟黯淡无光时，鸟巢反而变得毫无遮掩，孵蛋的鸟也会因此暴露无遗。欧洲的鸟类中有违此项法则的种类极少。在我们美洲本土的鸟类中，杜鹃和冠蓝鸦的巢是露天的，但雌雄在羽色上并未表现出任何明显的差异。东绿霸鹟、东王霸鹟和鸫鸟也是如此，而常见的拟鹂、蓝鸲和圃拟鹂则完全相反。原注。

② 即鳾科鳾属鸟。

行啄洞，因而它们的住所总是二手房。但是，上述每一种鸟都会在入住时添置各种柔软的材料，换句话说，它们会根据自己的喜好重新布置这个小家。山雀会在洞的底部安置一块类似毛毡材质的轻柔软垫，看起来像是从某个制帽店衔来的一般，但实际上可能是无数昆虫和毛虫努力的成果。雌山雀就在这块柔软的垫子上产下了六枚带着斑点的蛋。

我近日在一种极有趣的情形下发现这样一个巢。在一座高山光秃秃的山顶边缘，有一棵应是属野樱桃树一种的大树，鸟巢就筑在上面。经岁月打磨的灰色岩石零星地堆在一旁，或是堆积在一条由赤狐踩出来的依稀可辨的小路上。那里的树都带着点瘆人的样子，而荒山野岭间隐藏着的难以言表的荒凉感笼罩

1-2 美洲旋木雀
brown creeper

3-4 小䴓
pygmy nuthatch

着这片区域。我站在荒山之巅俯瞰万物，那只从我脚下大地飞过的红尾鵟也只留下了背影。我的视线追着他，一览农场、聚落、村庄和远处连绵的青山。

这时，一对成鸟夫妇吸引了我的注意，它们口中叼着食物，看起来似乎很是心烦。尽管如此，它们还是十分警惕地避免暴露其儿女的位置，我在附近守望了一个多小时，连它们在哪棵树上都没弄清楚。和我同行的是一个机灵且充满好奇心的男孩，最终我们决定让他藏在我们推断为鸟巢所在地的那棵树旁的一个凸出的矮石下，而我则离开绕去山侧。没过多久，男孩就发现了它们的秘密之所。那是一棵枝繁叶茂且覆满地衣的矮树，乍看之下竟没有一根干枯或腐朽的树枝。但事实上是有一根的，长约几英尺，当我的视线转移到那上面时，我发现了一个小圆洞。

由于我的重量，树枝开始摇晃，成鸟和幼鸟都惊恐失措。托起鸟巢所在的那根树枝残段约三英寸厚，洞的尽头已经被凿得快贴近树皮了。我用大拇指轻易地戳开了这层薄壁，一窝羽翼已丰的幼鸟第一次看到了外面的世界。不一会儿，幼鸟中的一只突然发出一声有重大意义般的呐喊，像是在说“我们是时候离开这里了”，然后开始向洞口爬去。站在洞口，它四下张望，可并未对展现在它面前的大千世界流露出丝毫惊讶的表情。它在确定方向，在判断它那双未经历练的羽翼需要飞多远才能逃离这危险地带。在一瞬间的停顿后，它大喝一声，振翅飞了出去，起飞还算不错。其余几只也迅速跟上。在刚起飞后，出于某种突然的冲动，每一只鸟都向那个被它们抛弃的巢投下一坨粪便，致以最轻蔑的问候。

尽管鸟类的习惯和本能大体上很有规律，但这些鸟有时也像高等动物般反复无常。比如说，对于它们的筑巢地点及方式，你完全无法做出任何准确的推断。在地面筑巢者时常钻进灌木丛安家，而在树上筑巢者往往又选择在地面或草丛里落脚。原本属于地面筑巢者的歌带鹀，却众所周知地选择在栅栏的节孔里建巢；而烟囱雨燕有一天厌倦了煤灰和油烟，于是将巢筑在了干草棚的一根椽子上。一个朋友曾告诉我，有一对家燕突发奇想，来了次漂亮的改革，把巢建在从房顶一根钉子上垂下来的绳索套环里，而且它们似乎还挺喜欢这个巢的，以至于次年依旧采取这种方式筑巢。我还知道棕顶雀鹀在棚下筑屋的例子：一捆干草透过稀疏的地板缝隙从上面的草堆中垂挂下来，它的巢就藏在那堆草里。而通常情况下，只要用半打干草秆和几根牛尾巴上的长毛，在苹果树上松松垮垮地搭个窝，它就已经心满意足了。中北美毛翅燕习惯在墙体内和旧石堆里筑巢，我也曾见到过旅鸫在类似的地方安家。还有人在已废弃的旧井里发现过它的巢屋。莺鹪鹩会钻进一切它可以钻得进去的洞穴筑巢，不管是旧靴子还是炮弹壳。一次，一对莺鹪鹩执意要在某个水泵的顶端筑巢，它们从手柄上方的开口处飞进去。由于每天都有人用这个泵打水，鸟巢被毁了不下二十次。这对小气的小家伙挺有远见，当它们发现筑巢的泵箱内含有两个隔间时，便把其中一个堵上，以防招来什么麻烦的邻居。

家燕
barn swallow

莺鹪鹩
house wren

那些建巢技术稍逊色的鸟儿有时会放弃它们习惯的居所，占据被别的鸟儿抛弃的巢屋。冠蓝鸦时常在短嘴鸦或杜鹃的旧巢里下蛋，而普通拟八哥会在懒散的情绪下，直接把蛋产在朽木的树洞里。我听闻有一只杜鹃将旅鸫赶出了巢，而另一只则把冠蓝鸦逼得居无定所。在一些大而松散的结构外围，比如鱼鹰和某些鹭鸟的巢周围，总能发现五六个普通拟八哥的巢，就像许多寄生物一样，或者就像奥杜邦所言，像某个封建贵族家里辽阔而荒凉的庭院中分封的家臣的住所。

同样的鸟，在南方气候下繁衍生长，其建的巢就远不如生活在北方的鸟儿那般精巧复杂。某些种类的水禽，在气候温暖的地区会直接将蛋丢到沙地里任由太阳暴晒，而一旦换至拉布拉多地区，就会老老实实建巢，按照惯例抱窝孵蛋。在佐治亚州，橙腹拟鹂常把巢安置于树的北侧枝梢上；而在美洲中部及东部地区，这种鸟则将巢安在朝南侧或朝东侧，在筑巢时也会将巢布置得更厚实暖和些。我曾遇见过一只从南部北迁而来的橙腹拟鹂，在筑巢时将粗糙的芦苇和莎草编织进去，使得巢屋看起来像一只敞开的篮子。

很少有鸟类始终如一地使用同一种材料筑巢。我见过旅鸫那完全没有使用泥巴的巢。有一次，它以长长的黑色马鬃为主要材料，按圆形布置，巢内铺上一层精细的黄草，整个小屋马上焕发出不一样的光彩。而我看过另外一只旅鸫筑巢，其主要材料是一种石藓。

同一繁殖季内为第二窝雏鸟建的巢通常只是个临时据点。随着季节推移，距雌鸟产蛋的时间也愈加紧迫，所以此时搭建的巢更像是一个草率完成的半成品。最近我又注意到这一事实，是因为在大约七月下旬时，我碰巧在一块偏僻的黑莓地里撞见几个不知道是田雀鹀还是栗肩雀鹀的巢。与其养育第一窝雏鸟时的巢相比，这些已装有蛋宝宝的巢远不够精致坚固。

一连数日，当我去某一片特定的树林时，总能看见一只雄靛彩鹀栖在一根高枝的固定位置，唱着它最欢快的歌。当我走近时它立即停止歌唱，带着明显的暗示使劲地左右摇晃着尾巴，尖声叫着。在附近一簇低矮的灌木丛中，我发现了让它如此焦躁不安的缘由——一个主要由干树叶和细草筑成的厚实坚固的鸟巢，一只相貌平平的褐色鸟正端坐巢中孵着四枚淡蓝色的蛋。

令人感到奇怪的是，鸟类居然会抛弃明显更为安全的树梢，反而选择把巢建在有许多危险动物走过或爬过的地面。这只雄靛彩鹀站在人们触不可及的高处，在那里歌唱；而这里，距离地面不足三英尺的地方，正躺着它的蛋或无助的雏鸟。事实上，鸟类最大的天敌还是鸟类，而许多体型娇小的鸟类正是考虑到了这一事实才如此选择筑巢地点。

与其他地方相比，大多数鸟或许还是喜欢在路边筑巢养育后代。我知道披肩榛鸡就是选择离开茂密的森林，在距离公路不足十步的一棵大树根部筑起自己的小巢，毫无疑问，老鹰、短嘴鸦以及臭鼬、狐狸能找到这里的概率大大降低。走在山间的偏僻小径，身边是无边无际的树林，我曾多次看见棕夜鸫端坐在自己巢中；它的巢离我如此之近，我只消一伸手就几乎可以将它从巢中抓出来。相比之下，猛禽对人类可没有这么多信任，当它们选择筑巢地点时，总会尽量避开而不是主动寻找人烟密集处。

我知道在纽约州腹地的某块特定区域，每季都可以找到一至两座暗眼灯草鹀的巢。鸟巢位于一个苔藓密布的矮坡边缘下方，离公路十分近，路过的马车只要一挥鞭就够得到。任意一匹马、一驾马车或是一位过路的行人，都有可能惊扰这只抱窝的鸟。当它听到脚步声或车轮声逼近，便立即起飞，以翅膀几乎贴着地面的方式飞离，消失在路对面的灌木丛里。

在华盛顿城外一条繁华的主干道上（其实出城不过半英里），我一次就能在路两旁的树上找到五种不同鸟类的巢屋，这还是在我粗粗一瞥，没有仔细观察枝叶的情况下；而在半英里外的一片辽阔树林里，我居然连一个鸟巢都没发现。在路边的这五个鸟巢中，我最感兴趣的要数斑翅蓝彩鹀的巢。据奥杜邦在路易斯安那州对这种鸟的观察，它们通常十分害羞且孤僻，喜欢在偏僻的湿地和大型死水潭的周围活动；而我于此处见到的这只鸟却将巢建在一棵靠近繁华主干道的梧桐上，而且还是最下面那根树枝最靠下的地方，离地面如此之近，以至于任何人只要站在马车里或骑在马上就能伸手够到它。这座巢主要由碎报纸屑和草茎筑成，尽管位置很低，却隐藏得极好；这棵大树枝繁叶茂，它就建在一丛与树干相得益彰的枝叶里。我发现这座巢的时候雏鸟还在其中，尽管成鸟夫妇对我站在树下的磨蹭行为很是不满，但它们对主干道上熙熙攘攘的车流却漠不关心。我很好奇这些鸟儿是什么时候筑的巢，因为鸟儿筑巢时会比其他任何时刻都要害羞。毫无疑问，它们最有可能在清晨开工，因为清晨的时光是属于它们的，没有人会打扰。

另一对斑翅蓝彩鹀选择将巢址定在市区内的一块墓地里。鸟巢被安置在一处低矮的灌木丛里，雄鸟依旧断断续续地唱着歌，直到雏鸟已快长大离家。这

斑翅蓝彩鹀
blue grosbeak

种鸟的鸣啭急促且繁复，与靛彩鹀的歌声类似，但是更响亮更有力一些。事实上，这两种鸟无论从颜色、外形、举止、声音还是基本习性上，都十分相似，若非是体型上存在差异——斑翅蓝彩鹀几乎比靛彩鹀大了一倍——否则很难将两者区分开来。可无论是哪一种鸟，雌鸟均为红褐色，幼鸟在第一季也是同样的体色。

当然，幽深的原始森林里也有鸟巢，但我们很难发现它们。鸟儿说起来简单的筑巢艺术包括选择诸如苔藓、干叶、细枝和各种零碎物的中性色普通材料；以及将鸟巢安置于一根合适的树枝上，确保巢的颜色与周围环境的颜色一致。可是这说起来简单的艺术是多么高明，鸟巢被掩饰得多么巧妙！我们或许偶尔可以发现它，但如果不是借助鸟类的活动提示，谁又可以找到它？在这个时节里，我连续两周几乎每天去林子里，可是一个鸟巢都没有发现；直到有一天，我本打算进行最后一次探秘，才有幸遇见了几个。当时我走在森林的浓密处，正靠近一株腐朽疏松的老树桩，突然一只黑白森莺变得十分惊慌警觉。它落在那根残株上，尖叫着，还不时在其边上上蹿下跳，最终极不情愿地离开了。原来它的巢就在那根残树桩处的地面上，巢内有三只羽翼渐丰的雏鸟。其位置选择得极为巧妙，雏鸟的体色与散落周围的树皮、小树枝等完美融合，以至于我第一眼都没有分辨出来。雏鸟们在巢中紧紧依偎着，但当我一伸出手，就全部仓皇地逃开，并大声呼救；成鸟夫妇听到呼救声后立即赶来，几乎冲到了我触手可及的范围内。事实上，这个鸟巢不过是在一张厚实的枯叶床上又多铺了一些干草。

这一次是在一片浓密的灌木丛中。我正走在一条两侧都是高大铁杉的小道上，只偶尔星星点点分散着几株小山毛榉和槭树，树荫浓密以至于整片地区都仿佛笼罩在经年的黄昏中。这时我听到了一种全然陌生的叫声，我不禁停下脚步细细聆听。直至今日，我还能清晰地回想起那歌声，尽管那声音是鸟鸣无疑，但又有点像小羊羔的咩咩声。不一会儿，声音的主人现身了——是一对蓝头莺雀。它们轻快地飞来飞去，每次落脚只停留片刻；雄鸟一言不发，而雌鸟则滔滔不绝地唱着这陌生而又温柔的歌，听起来就像是将人类少女的缠绵情感融入

蓝头莺雀
blue-headed vireo

进了森林乐章，其中的甜美、孩童般的自信和愉悦让人心生爱怜。我很快发现，这对夫妇正在离我几码开外的一根矮枝上筑巢。雄鸟小心谨慎地飞到那里，稍作整理，然后与妻子一道继续干活；雌鸟时不时“爱——伊，爱——伊”地呼唤着它的爱侣，叫声充满韵律，情意绵绵，余音袅袅。和莺鸟往常的筑巢习惯一样，它们将巢建在一根小树枝的分杈处，巢内铺上了满满的地衣，巢外用疏松的蛛网裹了一层又一层。除了本身的自然色，雀巢没有采取任何别的刻意伪装用作掩饰，但这颜色就足以让这个小屋看起来是这片昏暗森林中的自然产物了。

我继续在林中漫步，随后来到一处洼地，这里大株树木已不多见，取而代之的是一片和老采皮区一样茂密的次生林。我不禁停下了脚步，站在一棵高大的槭树旁，这时一只小鸟迅速地从枝上飞走，似从靠近树根部的一个洞里飞出来一般。小鸟在飞离我几码处停了下来，并开始不安地啼叫，我的好奇心立刻就被勾了起来。当我辨识出那是一只雌性黑胸地莺时，突然想起来至今为止还没有哪位博物学家发现过这种鸟的巢，甚至连布鲁尔医生[①]也没有见过它们的鸟蛋，这么难得的事，我不禁想继续一探究竟。于是我开始仔细搜寻，对地面、树的底部和根部，还有周围各类灌木丛进行了地毯式搜索，结果一无所获。由于担心这样下去不会有什么好结果，万一自己一脚踩在巢上呢。我觉得自己还是先后退一段距离，过一会儿再来比较好，这样我还可以得到事先预警，留意到它飞出来的具体地点。如此行事，当我折回时果然不费什么力气便找到了鸟巢。它就在距离那棵槭树几英尺外的一丛蕨类植物里，离地面大约六英尺高。那个巢相当大，完全由干草的茎和叶筑成，内部铺着一层精细的深褐色根须。巢内有三枚鸟蛋，呈浅肉色，表面都点缀着细小的褐斑。鸟巢很深，以至于孵蛋鸟的背部都藏在巢沿底下。

① 托马斯·梅奥·布鲁尔（Thomas Mayo Brewer，1814—1880），美国博物学家、医生，致力于研究鸟类学。同时为各类鸟类学著作提供相当多的帮助，包括约翰·詹姆斯·奥杜邦（John James Audubon）的《鸟类学纪事》。

在前方不远处一棵高树的树顶上，我看见了一座红尾鵟的巢——由大团的细枝和干木棍筑成。幼鸟已经学会飞行，可以离家，不过仍然在附近徘徊；见我走近，雌鸟飞到我头顶上方，不住盘旋，怒气冲冲地尖叫着。巢下方的地面上，散落着田鼠的几团毛发及排泄出的无法消化的东西，与其他地方别无二致。

在将要离开树林时，我的帽子几乎擦到了一座红眼莺雀的鸟巢，它像一个篮子般挂在一根低垂着的山毛榉的树梢末端。如果巢中的鸟儿没有发出任何动静，我想我是绝对不会发现那座巢的。巢内有三枚红眼莺雀的蛋，还有一枚褐头牛鹂的蛋。这时，这枚陌生的外来蛋只是看上去比别的蛋稍大些，而当我三天后再去看时，整个巢里只有一枚蛋尚在孵化，其余皆已破壳而出。从体型来看，那只年幼的外来者比其他幼鸟大了至少四倍，而且排便量甚大，简直快要把身下的同居者闷死了。这个入侵者和巢内的正当居民一同进食，一同长大，如果只是多吃一点也就罢了；但它却独吞了所有的食物，

独自存活了下来，像现在这样扼杀了其他所有的正当居民，这似乎是大自然中的一个怪异现象——大自然似乎并不鼓励那些审慎、诚实的朴素美德。杂草和寄生植物似乎一直在与这些正直的美德做斗争，然而它们却总是大获全胜。

红喉北蜂鸟的巢可谓是森林中独一无二的珍品。若是能侥幸发现一座，那段经历当是仅次于发现鹰巢般值得一书。我至今也只见到过两座，且均是机缘巧合。其中一座，我是在一棵栗树的横枝上发现的，而在鸟巢上方约一英寸半的地方，有一片孤零零的绿叶，就像一个天然的顶篷。我只是站在树上，并未有任何不当举动，然而一阵阵充满恶意的疾飞声一再在我耳边萦绕，让我不由怀疑自己是否正在侵犯哪位的隐私。我的视线追随着它，很快便发现它正在施工的巢。我继续采取我往常的就近隐蔽战术，因此得以心满意足地观看这位小艺术家的筑巢过程。这是一只雌鸟，没有伴侣帮忙。每隔两至三分钟，它就会口衔一小团棉状物出现，在树枝间及树周围飞来飞去，再迅速落回巢中，以它的前胸为模子，好好布置自己带回的材料。

我在山侧的一处密林中发现了另一座红喉北蜂鸟的巢。当时我从树下经过，不小心惊动了正在抱窝的孵蛋鸟，它起飞时翅膀的扑扇声引起了我的注意。幸运的是，片刻之后，它便返回巢中，而我也透过叶片间的空隙看到了它的巢，那巢看上去就像一根小树枝上一个普通的树瘤或赘生物。与其他鸟不同，蜂鸟不会停落在巢的边缘，而是直接飞进去，快如闪电却又轻如鸿毛。巢内有两枚纯白色鸟蛋，脆弱得仿佛只有女子纤细的手指才能触碰。蜂鸟的孵化期约为十天，之后再过一周，雏鸟便可以飞了。

唯一一种不仅外形类似蜂鸟的巢，且巢的整洁度与匀称性可与之相媲美的，当属灰蓝蚋莺的巢。它的巢通常以与蜂鸟巢相同的方式安置于树上，但

灰蓝蚋莺
blue-gray gnatcatcher

多少有点像是悬空的；鸟巢又深又软，主要由某种包裹着柔软青苔的木棉筑成，除此巢的体积更大之外，其余的几乎与蜂鸟巢一模一样。

但在我们出了密林之后，却发现巢中之冠，即所谓最完美的鸟巢，毫无疑问当属橙腹拟鹂的巢。这是我们能见到的唯一堪称完美的悬巢。确实，圃拟鹂的巢大致上也如此，但这种鸟通常将巢建得更低、更浅一点，更像莺雀的筑巢方式。

橙腹拟鹂喜欢将巢挂在高大的榆树那摇曳的树枝上，毫无隐藏之意，只要位置够高，树枝悬垂，便心满意足。同其他鸟巢相比，这样的巢似乎需要花费更多的时间和技术。筑巢时，似乎一直需要一种特定的亚麻状物质，巧的是这种材料它们也总能找到。当施工完成后，鸟巢看起来就像一个悬挂着的大葫芦；巢壁虽薄但很结实，再大的风雨都足以抵挡。入口处用马鬃填得严严实实，也可以当成锁边，侧面也常常用同样的材料缝得精巧细密。

如同无所谓隐秘性的态度一样，这种鸟对筑巢的材料也没有什么特别的要求，线或绳原本是什么样，就以什么样来筑巢。一位女性朋友告诉我，有一天她在敞开的窗户前忙活，就在离开的片刻工夫，一只橙腹拟鹂便飞进来了，随便叼起一绞纱线就走了，飞回它那只建了一半的鸟巢。那团和它故意作对的线偏偏缠绕在树枝上，这只鸟试图将它解开，结果越弄越糟、越缠越紧。它用力拉扯了那团线一整天，结果还是无疾而终，最终不得已接受了只能抽走几根的事实。从此，那团在树梢飘荡的线团便成了它的眼中钉，每次从那团线前经过，它都会冲上去恼怒地拉扯一番，像是在控诉："都怪你这个讨厌的线团，害我费了那么大劲。"

文森特·巴纳德从宾夕法尼亚州给我寄来了一封信，信中和我分享了一件关于橙腹拟鹂的趣事（这位先生还给我讲过不少其他的稀奇事，我对此不胜感激）。他说他有一位对此类事情很感兴趣的朋友，在观察到橙腹拟鹂准备筑巢时，便在有可能的巢址附近挂上几束五颜六色的轻软精纺毛线，而那些心情急切的艺术家便欣然接受。其实，他的这位友人刻意安排了线的数量，使鸟儿所

圃拟鹂
orchard oriole

用的各类质量上乘、颜色丰富的线团数量几乎相等。不同于一般的巢，这个鸟巢做得又深又宽敞，让人不禁怀疑在这只灵巧的鸟儿筑成这座巢之前，是否还有其他鸟可以编织出这样一件美丽的艺术品。

迄今为止，美国最有天分的鸟类学家纳托尔曾有如下描述：

> 我聚精会神地观察一只雌鸟（橙腹拟鹂）将一根有十至十二英尺长的灯心草拖入自己的巢中。一开始，这条长绳和其他许多短绳的一头尚悬空于巢外，大约一周后，这些绳子的两头便都被编进巢的巢壁中了。一些同样使用类似材料筑巢的其他小鸟，有时会来抽动这些随风舞动的线头，常常惹得这只忙得团团转的橙腹拟鹂怒气冲冲地丢下工作出来查看。

请允许我再多赘言几句，这种鸟作为其所属种类中本能特性最典型的代表之一，我想再来谈一谈它的生平经历，还请包涵。它独自一人，在没有任何配偶协助的情况下，花了大约一周的时间建成了爱巢；事实上，雄鸟确实也会出现，但很少陪伴雌鸟，现在也几乎完全噤声。为了收集筑巢所需的纤维材料，它先折断马利筋属植物和木槿属植物的茎，再梳理其中的亚麻纤维，扯下长纤维收集起来，最后带着战利品飞回它的建筑工地。它在找寻材料时显得急迫而匆忙，收集材料时也毫无顾虑，就算附近小路上有三个人正在施工或有许多人正在花园里闲逛，它也毫不露怯，这样的勇气和毅力着实令人钦佩。如果被人盯得太紧，它便会发出常见“啧啧，啧啧”的呵斥声，或许它很是不解为什么会有人打扰它这不可或缺的工作。

尽管雄鸟在忙碌的配偶到来时，显得格外安静，可喧闹声依然不绝于耳，我不免观察到原来这只雌鸟不住地在向另外一只雌鸟叫喊，显然它们在争吵。最终，我看见它向那只时不时偷偷摸摸地闯进它筑巢领地的入侵者发动了猛烈的进攻。这类斗争通常十分激烈，且一再发生。这种敌意究竟从何而来？我当下回想起一件事：附近有两只英俊的雄鸟前几日遭遇不测，因此我推断，这只入侵者大约是个可怜的寡妇；但它显然已经趁雌鸟忙于筑巢时，与它的夫君暗度陈仓，因此两只雌鸟间醋意大发，大战一触即发。在获得对原配不忠的情夫的支持后，另一只雌鸟开始筹备在相邻的一棵榆树上筑巢，它将一些悬垂的细枝编织起来作为鸟巢的基底。如今，雄鸟大部分时间都陪着新欢，偶尔还帮它一起筑巢，但雄鸟也并没有全然忘记自己的原配。一天傍晚，雄鸟的原配用充满柔情与缠绵之意的语调低声唤它，它也同样深情地回应。正当这一对情意绵绵地温存时，情敌突然出现了，一场恶战随之发生。其中一只雌鸟显得格外恼火，不停扑扇着张开的双翅，像是大为受伤。尽管雄鸟在这场斗争中谨慎地保持中立，这时却显露它理应受到责备的偏袒来，它选择携情妇双宿双飞，在那天傍晚余下时间里，徒留它那好斗的原配与一棵孤树为伴。另一种更急切也更温柔的关怀最终化解或至少终止了两只雌鸟间的醋意大战；林中从不缺此类鸟或别

北美鹅掌楸
tulip tree
橙腹拟鹂
baltimore oriole

类鸟中的单身汉，在这些单身邻居的帮助下，和谐美满的一夫一妻制得以恢复，森林的和平也得以重现。

当然，我可不会忘了提及山岩壁下的东绿霸鹟的巢：那座巢悬垂于一块凸出的峭壁上，可以俯瞰一片荒凉辽阔的景色；巢身覆满苔藓，里面有四枚白似珍珠的鸟蛋。在讲述过各种精巧的高悬建筑后，可能再也没有巢能像东绿霸鹟的巢一样，可以给观察者带来喜悦之感——灰色寂静的岩石，星星点点散落着狐狸和狼藏身的洞穴，而就在这些凶猛野兽够不到的一个小凹槽内，藏着一个宛若天成的苔藓小屋！

在这片土地上，几乎每一座山、每一块悬空的高石下都有这么一个鸟巢。不久前，我循着荒凉山谷中一条有许多鳟鱼的小溪往上走，走了不到一英里，我就发现了五个巢，全都建在人类触手可及的地方，但至少能免遭水鼬和臭鼬的袭击，也完全经得起风雨。在我的故乡，有一座长满松树和栎树的小圆顶山，外围半圈都是陡峭险峻的悬崖。沿着这排峭壁，在山顶附近有一块凸出来的岩石壁架，无与伦比的高大且布满洞窟。其中一块巨石层向外伸出数英尺，下方可容一人或多人直立地自由行走。那里有一条甘甜的小溪，空气清新而冷冽。壁架的底部散落着随处可见的石头，过去曾是印第安人和狼经常出没的地方，如今是羊群和狐狸的天堂。从孩童时代起，我就在此地度过了一个个让人流连忘返的夏日，或是躲避一场突如其来的暴雨。这里总是那么清新凉爽，总是可以发现灰胸长尾霸鹟精巧的青苔小屋。直到你走近离那鸟儿只有几英尺的时候，那只小鸟才会飞离巢屋，飞向旁边的树枝，不停地摇晃着尾巴，焦虑不安地盯着你。自人类踏上这片土地且于此定居以来，这种霸鹟便养成了一个奇怪的习惯：时不时将自己的巢筑在桥、干草棚或其他人工建筑物下，可在这些地方明明很容易受到各种各样的干扰。而在这些地方建的巢，也通常更大却更为粗糙。我知道一对灰胸长尾霸鹟连续好几季都在一个干草棚下筑巢，一根用以支撑地板的柱子不知何故下陷了几英寸，它们就在柱子的上端建了三个巢，这个数字也暗示了它们于此度过的年数。巢的基底由泥巴做成，而上体结构主要采用苔藓，巢内精心铺上了各类动物的毛发。与这个巢的巢内布置相比，再没有比它更完美、更精致的了，但灰胸长尾霸鹟依然每一季都新建一个巢。不过，通常在一个巢里，它们会生养三窝幼鸟。

霸鹟科的鸟类算是所有鸟类中最优秀的建筑师。东王霸鹟的巢让所有人为之称赞，这种鸟会使用各种柔软的棉状物及羊毛物质，不惜时间与材料，尽可能地将巢建得坚固且温暖。绿纹霸鹟在多数情况下仅使用白栎的花来筑巢。东绿霸鹟在横枝上用苔藓和地衣筑起一个整洁又结实的窝形巢，周围从来没有任何散落的残枝碎片。雌鸟孵蛋时，基本上大部分的身体都露出了巢的边缘，她随意地四下观察，似乎全然自如；我从未在任何其他种类的鸟身上发现过这种随意的状态。几乎所有大冠蝇霸鹟的巢都会用到蛇皮，有时会用到三至四张那么多。

就巢体本身的建筑而言，目前所能找到的最薄、最浅的就是哀鸽的巢。几根枝条和草秆随意扔下，堆成一堆就是一个巢，几乎都不足以防止鸟蛋从中掉落或滚出。旅鸽的巢也同样草率敷衍，导致雏鸽常常从巢中摔至地面而死。常见鸟类中的另一种极端当属褐弯嘴嘲鸫，它筑巢时通常收集一大堆材料，有半蒲式耳那么多；还有鱼鹰，年复一年地给爱巢修修补补，累计衔来的材料简直可以装满一马车。

所有鸟巢中最罕见的是雕的巢，因为雕本身就是最罕见的鸟类之一。事实上，每一次看见雕都像是一场偶然，好像它正飞往某片遥远而未知的领域，而我们看到的不过是它途中稍作停留的一个身影。当我还是个年轻小伙子时，某年九月，我看见了一只尾巴呈环形的小金雕，这只通体暗黑的巨鸟令我望而生畏。它在山间流连了两日。在一道高高的山脊上，几头小牛，一匹两岁的小雄马，还有六只绵羊正在悠闲地吃草，远处的一幢小屋清晰可见。第二天，我看见这位暗黑君王在这群食草动物上方翱翔，没过多久，便开始在它们上方盘旋，那模样就像是老鹰正在搜寻老鼠。随后，它绷直双腿，徐徐落在畜群身上，实际上它勾住了小牛的背，吓得这群动物惊慌失措，在牧场中四下奔逃。后来，它胆子越来越大，同时越来越频繁地俯冲下来，导致整个畜群冲破了篱笆，“发了疯似的”直冲向那间小屋。它的动作似乎并不是带有捕杀动机的攻击性行为，可能只是一种策略，为的是分散畜群，让紧靠着牛群的小羊们落单。当它偶尔落在附近的栎树上时，它身下的树枝明显受压弯曲，微微颤动。直到最后，当

褐弯嘴嘲鸫
brown thrasher

金雕
golden eagle

一个猎人持枪瞄准它时，它才冲上空中，展开双翅，向南边飞去。几年后的一个一月里，我又看见一只雕经过这一带，落在离某些动物死尸不远的田野里，但只停留了一小会儿。

我所能识别的雕的特征就是这些。金雕在东西两个半球的北部地区均很常见，而且通常将巢建在高而陡峭的岩石上。曾有一对雕连续八年将巢筑在哈德逊河畔的一个高不可及的岩石壁架上。奥杜邦也曾在书中提及，独立战争期间，一个班的士兵曾在这条河沿岸发现一座雕巢，在与这只猛禽搏斗的过程中，有一位士兵险些为此丧命。他身上绑着绳子，而他的战友们则拉着绳索将他从悬崖上放下，为了去掏鸟蛋或抓只雏鸟；不过事与愿违，他的举动被发现，并且遭到来自愤怒的雕妈妈的猛烈攻击，他不得不拔刀自卫。结果一刀失误，他险些割断了绑在身上的绳子，最后他的同伴紧靠一股绳子将他从危险的境地里解救出来。

奥杜邦称，白头海雕也通常将巢筑在高处的岩石上，但威尔逊曾写到他在大蛋港附近一棵高大的黄松树顶见到过一个白头海雕的巢。鸟巢由一大堆材料建成，有细枝、草皮、莎草还有芦苇等物；巢约五六英尺高、四英尺宽，中心几乎全无凹陷。当地的村民告诉他，这巢已连续多年孕育新生命，白头海雕已视它为家，或视其为四季的住所。

雕从来都是一个巢用好几年，其间多次修修补补。许多常见鸟类也都有这样的习惯。根据筑巢习惯以及亲缘特征，可将鸟类大致分为五大基本类别。第一类，修缮或继续使用上一年的巢，比如鹪鹩、燕子、东蓝鸲、大冠蝇霸鹟、猫头鹰、雕、鱼鹰以及其他几种。第二类，是那些每一季都新建巢屋的鸟儿，但它们通常会在一个巢内生养好几窝幼鸟，这类鸟中灰胸长尾霸鹟最为典型。第三类，每产一窝雏鸟就要新建一个巢，事实上大多数鸟类都是这样。第四类的数量有限，它们通常自己不筑巢，而是选择使用其他鸟类的弃巢。最后一类便是那些根本不需要巢的鸟儿了，它们将蛋产在沙子里，很多水禽都属于此类。

Chapter 5

春日于华盛顿观鸟

鸟趾堇菜
birdsfoot violet

一八六三年秋天，我搬去华盛顿生活，自此除了每年夏天回到纽约州内陆暂居一个月外，其他时间就一直居住在华盛顿了。

在抵达这里的次日，我便在博物学方面有了全新的发现。当时我正在城北的森林附近散步，突然一只体型硕大的蚱蜢从地上飞起，落到一棵树上。在追赶它的过程中，我发现它飞起来简直像鸟一样迅猛且野性十足。我发现自己好像闯入了蚱蜢的国都，而刚刚看到的那位可能就是某位首领或头目，甚至有可能就是在户外透气的国王本人。尽管每年秋天我都会在树上发现几只这样硕大的生物，但我至今也无法确定它的真实身份。它们体长约三英尺，身上要么带着灰色条纹要么有斑点，看上去十分像爬虫。

但是，对我而言最大的新奇之处当属此处极佳的秋日气候，明媚、浓郁、热烈，一直持续到十一月，整个冬季也十分温和。尽管温度有时会降到零度以下，可大地绝不会因寒冷而萧条凋零，在某些风雨不及的角落里，植物依然保留着生命迹象，仿佛只需稍加鼓励，便可重新舒展筋骨茁壮成长。在这里，我一年四季都能看见野花：十二月有堇菜；一月是一株独秀的美耳草（长在一小块冻得硬邦邦的土里）；二月里有一种小小的、像杂草般的植物，开出的花朵小得出奇，就星星点点散落在碎石路旁和耕后闲置的田地里。獐耳细辛有时候会在三月的第一周就早早地冒出头，小青蛙也差不多在同一时间开始迟疑地开唱。愚人节时杏树常常已经开花，到了五朔节，苹果树也开花了。时至八月，鸡妈妈会领着它的第三窝宝宝出来散步。我曾经养过一只小母鸡，三月里还是只雏仔，九月里已然儿女成群。我们的历法便是依据这种气候而定的。三月是春天的月份，在起初的八到十天里，你就可以看到周围发生了一些明显的变化。今年（1868 年）的春天来得比较晚，直到三月十号后才有显著的变化。

太阳从一片蒙蒙雾气中升起，似乎被那片柔情和暖意融化了似的。接下来的一两个小时里，空气都仿佛静止了，周围充斥着低沉的哼唱，那是万物苏醒时的声音。光秃秃的树木也都带着一副着迷、期盼的神情。从附近某片尚未被开垦的公用土地里，传来歌带鹀的第一声鸣啭；因对它如此熟稔反倒显得很是平常，不过依然会给听众带来难以言说的愉悦之情。不一会儿，便响起了大合唱之声，温柔、悦耳，虽半压抑着，但是依旧难掩其中饱满而真实的欢喜。东蓝鸲鸣啭，旅鸫呼唤，暗眼灯草鹀叽喳，东草地鹨声音洪亮却满是柔情的吟唱。在一片荒弃的田野上空，一只红头美洲鹫低低地盘旋，随后落在一根篱笆桩上，伸展着翅膀拍打片刻，好让自己站稳。柔和、温暖、沉静的一天。雪后泥泞的路面，多处已变得干硬，看起来清爽多了。我走过地界，翻过子午线山。沿着干燥的道路行走，感受着宜人的温暖，这场景令我心满意足。牛群哞哞地叫着，低沉而悠长，惆怅的目光却久久凝视着远方。我不禁与它们产生了共鸣。每年春天来临时，想要离开这里的念头便无端冒出，我几乎无法遏制这种渴望。某种游牧或迁徙的本能，或者说某种回忆在我心中激荡。我渴望远航。

一路前行的途中，北扑翅鴷的呼唤声从远方清晰地传来，和我在北方听到的叫声如出一辙。休息片刻后，它便又开始重复歌唱。还有什么能比这早春的声音更加悦耳？它们已经沉寂了太久！

只要走过华盛顿市的边界，就完全来到了乡下。只需在乡间走十分钟，便可来到最真实的原始森林。不像那些北部的商业城市，华盛顿市尚未向市郊扩张，因此这里的自然狂野而随性，蔓延至城市边界，甚至在许多地方越过了这一边界。

很快，我便到达了一片森林，这里荒凉而寂静。生命复苏的迹象微乎其微，难以察觉，但这里的空气却有一股清新的泥土气息，仿佛有什么东西在林中树叶下搅动。短嘴鸦或是在森林上空啼叫，或是闲步于褐色的田野里。我久久地凝视着这片阴暗沉寂的树林，可它们一点动静也没有。小池塘旁，一些桤木刚刚吐出了葇荑花序；在一片温暖和煦的山坡上，我拨开干枯的树叶和碎屑，发现地钱刚刚抽出一片毛茸茸的嫩芽儿。但水中世界已然苏醒。小青蛙开始歌唱，每一片沼泽、每一方池塘，都传来它们高亢而悦耳的合唱。我窥探它们其中的一个聚集点，事实上也就是一个半流不流的小水洼，水洼底部有好多青蛙卵。我捞出一大块，冷冰冰的蛙卵在我手中像果冻一样轻微颤动。有的地方甚至有好几加仑。与我同行的一个年轻人很是好奇蛙卵可不可以煮了吃，味道又会如何，或者能否代替鸡蛋。这是一块非常完美的胶状物，呈淡淡的乳白色，内部点缀着密密麻麻的、如同小鸟眼睛一般大的黑斑。刚被产下时，是完全透明的，经过八至十天，在逐渐吸收了周围的胶状物质后，小蝌蚪就诞生了。

在这座城市里，甚至连店家都还没想好如何布置新一季的橱窗时，大街小巷旁的银白杨便已感知到春天。在几个温和晴朗的三月天后，你会突然发现树木都有了些变化。树冠不再是全然光秃秃的了。如果天气持续宜人，只需一天便可见证奇迹。很快，每一棵树都会挂满灰色的绒穗，就像是披上了一件巨大的羽衣，而这个时候你是看不见一丁点儿绿叶的。到了四月的第一周，这些假的长条毛毛虫便会布满街道，填满水沟。

短嘴鸦和红头美洲鹫也预告着春的来临，它们在城市周边迅速繁殖，变得猖狂而惹眼。整个冬天，此处的短嘴鸦都很多，但除了它们从高空飞过，为了往返位于弗吉尼亚森林的冬季营地外，几乎不太引人注意。清晨，只要天色足以辨识出它们的身影，你就可以看见它们向东划过天空，时而松松散散，时而密密麻麻；或独自飞行或三两成群，但都朝着一个方向飞行，可能是要去马里兰州东部的水域。夜幕降临时它们开始返程，以同样的方式，飞向位于城西的波托马克河畔的森林高地。到了春日，这些白日的大规模集体活动就停止了；大家族分裂，群居地被弃，鸟儿四处分散。似乎每个地方的鸟都会这样。你或许会认为，当食物极端稀缺时，这种化整为零、四下分散的策略可能更有优势，因为在一大群鸟只能挨饿的地方，几小只也许能够存活。然而，事实却是，冬季只有在某些特定的、有明确界限的区域内才有可能找到食物，比如河岸边以及海湾、湖泊的岸边。

在纽堡市以北几英里外的哈德逊河畔，短嘴鸦以同样的方式往返于冬营地，清晨南飞，夜晚归来，有时遇上强风天气，它们会被风吹得过于贴近山丘，如此就会被那些藏在山林及篱笆后的学童用木棍和石头攻击。那群在黄昏时分才奋力晚归的短嘴鸦，常常被长途跋涉的艰辛和强气流折磨得体力透支，当它们遇上风或者某种地面凸起物而不得不多投入一些力气时，这群可怜的小家伙就好像无力到快从天上掉下来似的。

一旦开春，华盛顿市便处处可见红头美洲鹫了，它们或是悠闲自在地翱翔在在二三百英尺的高空，或是低空掠过一些公用地或开阔地，因为那里偶尔能发现被丢弃的小狗、小猪或家禽的尸体，够它们饱餐一顿。有时可以看见五六只红头美洲鹫落在这些尸体旁，宽大暗淡的双翼完全伸展，互相恐吓、追逐，与此同时会有那么一两只捡漏偷食。这种鸟的翅膀又大又灵活，当它们站在地面时，只用轻微抖动一下那对大翅膀，就足以使脚离地腾空而起。它们在空中的动作潇洒英俊且赏心悦目，无论从哪个方面看，都和红尾鵟并无差异。它们飞行时一般沉着、轻松且经久不累，在空中也同样划下巨大的螺旋轨迹。其翅膀和尾巴的形状，事实上是它们在空中留下的倩影，除了大小和颜色，几乎与之前提及的红尾鵟一模一样。人们常常可以看见十几只红头美洲鹫在高空中盘旋，它们安详沉静地绕圈飞行，自娱自乐。

相比于红尾鵟，红头美洲鹫没有那么活跃与警惕；它们从不依靠翅膀悬停于空中，也不会从空中俯冲而下，更不会向下猛扑猎物；也同样不同于红尾鵟，它们似乎没有任何敌人。短嘴鸦与老鹰斗，东王霸鹟和拟八哥还有短嘴鸦斗，但谁也不在意红头美洲鹫。它从来不会激起任何一方的敌意，因为它从不会骚扰任何一方。短嘴鸦和老鹰的宿怨已深，因为老鹰素来爱抢其巢夺其子，而东王霸鹟对短嘴鸦的怨恨也源自同样的理由。但是红头美洲鹫不一样，它从不攻击活物，在有腐肉可以吃的时候绝不会去猎取鲜肉。

到了五月，这种鸟同短嘴鸦一样，几乎突然就绝迹了，可能是去了它们近海岸的繁殖地。在这个时候，雄鸟是否会与雌鸟告别，独自前往？无论如何，

七月里，我在城外约一英里处的一片靠近岩溪的森林里，发现了一群红头美洲鹫的聚集地；因为它们并没有在附近任何地方筑巢，所以我料想这群应该是雄鸟。当时太阳已经落山，碰巧我因为观察一只鼯鼠的巢而在树林中逗留得有些晚，这时红头美洲鹫开始三三两两飞落至我身边的树上。不一会儿，飞来的鸟更多了，但不知何故都从同一个方向低飞掠过树梢，然后落在树中间的枝干上。落定时，每一只都会从鼻子里发出很响的喷气声，就像母牛卧倒时发出的声音；这也是我听到的红头美洲鹫发出的唯一一种声响。站定后，它们会好好地舒展一下身体，就像火鸡那样，然后沿着树枝走来走去。有时两三只鸟一起落在一根腐朽的树枝上，树枝因承受不住其重量而断裂，这时它们会猛烈扑扇翅膀，飞向新的树枝。直到天色将黑时，依然有成群的红头美洲鹫向此地聚集，我身边的树上已满满当当。我开始觉得有一点紧张了，不过还是停在原地没动。天完全黑下来了，林中一片寂静，我拢了一堆干树叶，用火柴点燃，想看看这些鸟儿对火光的反应。一开始并无半点声响，直到枯叶堆完全燃烧起来，鸟儿们突然开始躁动起来，动静大得让我以为树冠就要塌下来砸向我。不过一会儿森林重归平静了，那令人不安的一群小家伙消失在茫茫夜色中。

六月一日左右，我见到一大群红头美洲鹫在波多马克河大瀑布上空翱翔。

关于此地在深冬时节的常见鸟类，也许可以从我二月四日的日记摘录中发现一二：

翻山越岭经历了一场长途跋涉。从国会大厦径直向北走了约三英里。大地还是光秃秃的，天气依旧寒意逼人。在郊外那片错落分布着爱尔兰人和黑人棚屋的地方，突然飞来一群鸟，四下觅食的样子像极了我们北方的雪鹀。它们时不时发出忧郁的尖叫声，就像经历了一段悲伤时光。原来是角百灵，我还是第一次见到这种鸟。它们具有百灵科鸟类的所有步态特征；这种鸟体型比鹀鸟稍大一些，胸部有一块黑色斑点，下体大多呈白色。当我走近时，靠近我的那些停下脚步，半蹲着，狐疑地看着我。没过多久，我胳膊稍稍一动，它们就全都

红头美洲鹫
turkey vulture

飞走了；它们飞行时的姿态十分像雪鹀，而且也露出了几乎一样多的白色。

从那之后，我便发现在二、三月份角百灵是这里的常客，但这段时间里，它们会被大量猎杀或捕获，然后被人拿去集市上出售。我曾在一个大雪天里，看见一群角百灵在一个靠近市区的大型菜园里搜寻各种杂生植物的种子，好填饱肚子。

继续向前，旅程变得令人兴奋。沿着台伯河东（Tiber）支流的一条小溪前行，小溪两边长满灌木和蔓生的菝葜。鹀鸟这里蹦蹦那里跳跳，飞过那些小小的弯道与拐角。刚出市界的地方有一片松树林，我在那里看见了一群金翅雀，它们

角百灵
horned lark

身披灰色的冬装，正啄食着掉落的松果。其中还有一只金冠戴菊，就是一小团灰色羽毛，像个小精灵似的蹦跳不停。对它来说，这棵古老松树的果实也合其胃口？再往前走，在一些低矮开阔的林子里，我见到了许多种鹀鸟——狐色雀鹀、白喉带鹀、白冠带鹀、树雀鹀、歌带鹀、沼泽带鹀，它们全都聚集在这温暖而又有遮挡的树林边缘。更令我惊讶的是，我居然于此看见了东唧鹀和黄腰林莺，紫朱雀也在，还有卡罗苇鹪鹩和美洲旋木雀。而在地势更高、气候更寒冷的林子里，我一只鸟也没见到。日暮时分，我踏上归程，横穿一座足以俯瞰整个城市的小山，走在小山东坡时，我欣喜地见到了许多栗肩雀鹀——我总是不由自主地将这些鸟与父亲的牧羊场联系在一起。它们跑在我前面，时而跳上一两步，时而在低矮的残茬间躲躲闪闪，与我儿时所见且留在记忆中的影像一模一样。

一个月后，也就是三月四日的日记如下：

在林肯总统隆重的第二次就职典礼之后，我踏上了今季的第一次旅程。下

角百灵
horned lark

午天气晴朗温暖——终于是真正的春日阳光，尽管狂风怒号好似林中有一头愤怒的狮子。令人诧异的是，在离白宫不到两英里的地方，一个老实淳朴的伐木者正在砍树，仿佛今天压根没有什么总统就职典礼似的！在一棵空心的老树树洞里，几只小狗紧紧地依偎在一起，伐木工告诉我，这是一窝野狗的幼崽。我觉得我曾在岩溪的对岸见到过这只所谓的“野狗”——看上去极度悲伤且十分惶恐，不住地来回奔跑，哭喊着、尖叫着，隔着不断上涨的河水望眼欲穿地看着对岸，却没有足够的勇气涉过湍急的岩溪。今天，我第一次听到树雀鹀的歌声，轻柔甜美，近乎颤音。我看见一只黑亮如丝绒般的小蝴蝶，翅膀边缘镶着一道黄边。在一处沐浴着阳光的岸边，我发现了两朵盛开的美耳草。还在松枝溪附近发现了蛙卵，听到了雨蛙的叫声。

在最先于华盛顿市露面的鸟儿里面，普通拟八哥是其中之一，刚进入三月它们就有可能随时出现。这种鸟成群聚集，经常出没于小树林和公园；有时成群涌至树顶厉声地叫着，整个天空都回荡着它们的叫声；有时落在地面觅食，走动时身上如丝缎般光滑的纯黑外衣在阳光的照耀下闪闪发亮。显然，在这个季节里，鸟儿的灵魂里涌动着音乐，尽管它在释放的过程中出现了一些小的失误，它的声音听起来总像是得了重感冒。不过在早春的一个明朗午后，从远处听它们的大合唱，倒也还算悦耳。空气中充斥着噼里啪啦、碎裂喷涌、略带乐感的声响，就像是往耳朵里加了胡椒和盐般强烈地刺激着耳膜。

城市里所有公园和公共用地都被普通拟八哥占领了，而白宫附近的树上它们的数量尤其多，它们在那儿繁衍后代，与其他鸟类打架。一天，财政部大楼西翼的一间办公室里，办公人员的注意力忽然被一只猛烈撞击窗玻璃的物体吸引。往上一看，他们发现一只普通拟八哥正悬停在离窗户几英尺远的半空。在宽大的石质窗台上，躺着一只全身抽搐的紫朱雀。眼前这个小小的悲剧不难理解：普通拟八哥气势汹汹地拼命追逐紫朱雀，而紫朱雀为了逃命，孤注一掷，想冲进财政部大楼寻求庇护，结果重重地撞在平板玻璃上，剧烈撞击所造成的震荡让这个可怜的小家伙当场毙命。面对猎物突如其来而又出乎意料的生命终结方式，追捕者普通拟八哥显然大为震惊，像是在确认刚刚发生的事件，它在空中盘旋了片刻，之后便离开了。

（当鸟类面对天敌的致命威胁时，出于恐惧而向人类寻求庇护的现象并不少见。以前我住在农村时，十月的某天中午，当我走进房间吃惊地发现一只山齿鹑正栖在我的床上。见我进来，这只又害怕又迷糊的鸟儿立即从开着的窗户飞走了，毫无疑问地，它刚才肯定是因为被鹰追赶才从窗外飞进来的。）

拟八哥身上有其原始型即短嘴鸦的一切狡猾的天性。在财政部大楼的内院里，有一座被多种绿树环绕的喷泉。到了仲夏时节，普通拟八哥变得肆无忌惮，已经敢贸然进入庭院；而人们从周围窗户中投出的各种食物碎屑，便是对它们大胆行为的最好嘉奖。要是它们碰上又干又硬不好入口的面包，它们还会把它丢进水里，待充分浸泡之后再把它捞出来吃掉。

它们用粗糙的树枝和泥巴筑巢，而这项工程的重任似乎全都落在雌鸟身上。曾经一连几个清晨，是太阳刚刚升起那会儿，我在园子里劳作时总是能瞧见一对普通拟八哥在我头顶上方来来回回地飞；去时朝着约半英里外的一块沼泽地，回来时就消失在国会大厦附近的树上。回程时，雌鸟总会衔一些材料，而雄鸟则一身轻松，像是它的护卫般，飞在雌鸟上方略微靠前些的位置，时不时还发出嘶哑刺耳的啼鸣。我抓起一个小土块向它们扔去，雌鸟受惊，吓得丢掉了嘴

里的砂浆，然后夫妻俩一起愤怒地匆匆飞走了。后来，它们偷了我的樱桃作为报复。

然而在这里，如同北方一样，最狡猾的樱桃小偷是雪松太平鸟，或者直接说是“樱桃鸟”。它们一下子就能甄别出哪一棵是樱桃树！在樱桃离成熟还有相当长一段时间的时候，它们就警惕且谨慎地在周围徘徊，或三五成群地在高空中画圈侦查，发出悦耳的声音，或迅速蹿进远处的树冠中。日子一天天过去，它们也一点点逼近樱桃树，一边侦查各处，一边盯着成长中的果实。还没等青色的小圆果被太阳染红脸颊，它们就迫不及待地开始啄食。一开始它们从背向房子的一侧偷偷接近果树，三三两两迅速潜进樱桃树树枝间，而大部队成员则埋伏在不远处的树影里等待进攻。它们最喜欢在大清早和阴雨天发起进攻。随着樱桃变得越来越甜，这群鸟也变得越来越猖狂，向它们扔草团已经没用了，你不得不动真格地开始扔石块，否则满树的樱桃都该给它们吃光了。到了六月，这群鸟突然消失了，飞往还有樱桃的北方了，七月里，它们就在那里的果园和雪松林间筑巢。

夏季，在此处的常住居民里（或许该称为“市民”，因为似乎大部分的鸟住在市内而非郊外），黄林莺格外引人注目。它们在四月中旬前后来到此地，似乎对银白杨情有独钟。无论任何时候，在任何一条街道上，你都可以听见它们尖细刺耳的歌声。当这种鸟筑巢时，雌鸟常常会溜进人类的庭院，不停地啄晾衣绳为了收集一些线头，好编进她的巢里。

从四月初一直到四月中旬，燕子陆陆续续地出现在华盛顿市。它们一路叽叽喳喳，这声音令每一个新英格兰地区的男孩都感觉无比亲切。最先响起的是家燕的啼鸣，一两天后，美洲燕短促的尖叫声便随之而来。烟囱雨燕，或就称其为雨燕，也不甘落后，大部队到达后便整季都在这里度过。四月时，紫崖燕会在北上途中于此地露个面，到了七八月，它们又带着幼鸟再经此地返回南方。

华盛顿市位于一片宽广辽阔的乡村地区，植被丰茂且土地呈半开垦状态，城市面积也十分大，有众多公园及大片的政府保留用地，因此整个夏季里都有不计其数的鸟类来到这里。一些稀有的莺鸟，如白颊林莺、棕榈林莺和栗胸林莺，在五月北上的旅途中会于此稍作停留，在市中心地区捉些虫子充饥。

我在白宫附近的树上听见过棕夜鸫的叫声。在一个下着雨的四月清晨，约六点，它飞到我家园子里的一棵梨树上，吹奏出温婉柔和的曲调。歌声中包含的甜美和野性，与我们六月里在北方的幽深密林里听到的如出一辙。一两天后，还是在那一棵树上，我第一次听见了红冠戴菊的歌声——拥有鹪鹩歌声情感饱满、节奏明朗的普遍特点，但相比于任何一种我熟悉的同属鸟类的声音，它的

歌声更悠扬也更纤弱。它先以一声悦耳、圆润、细如针尖的啁啾作为开场，然后急转而上，变成饱满而持续的鸣啭——整体而言，这是一首格外美妙动听的乐曲，演唱者一边歌唱还一边忙着捉虫。很显然，此曲堪称鸟类最美的音律之一，那么奥杜邦在拉布拉多地区的荒野听到此曲后所扬起的热情，也绝非夸大其词。而唯一能将戴菊与鹪鹩联系起来的特征也就数歌声了。

国会大厦的庭院里长着种类繁多的参天大树，因此吸引了众多种类的鸟儿。而位于建筑背面的那片广阔的场地更绝妙，因为那里是一处缓坡，且植被相当茂盛，对鸟类而言又温暖又易于藏身。早春时节，我常来这里听旅鸫、灰嘲鸫、拟八哥、鹪鹩等的歌唱。三月份的时候，便可见到白喉带鹀和白冠带鹀了，它们或是在花床上跳来跳去，或是躲在常青灌木丛里偷偷向外打量。旅鸫丝毫不理会看护员用大字书写的警示语，依旧我行我素地在草地上蹦蹦跳跳，有时，特别是在黄昏时分，还会站在树顶大声、动情地欢唱。

东王霸鹟和圃拟鹂整季都留在此地，在树顶上抚育子女。你可以在午前的任何时候听到圃拟鹂那感情丰沛且滔滔不绝的歌声。有些鸟的歌声给人的感觉如同猩红色一般——强劲、热烈、有力，正如圃拟鹂，而这些也同样是唐纳雀和各类蜡嘴雀的特点。相反的，一些其他种类鸟的鸣啭，比如某种鸫鸟，总能让人想起头顶上方那宁静的蓝色。

二月里，你可以在史密森学会附近的区域里听见狐色雀鹀的叫声。它的叫声强劲有力，变调丰富，如同口哨一般——那是我听过的最悦耳的雀鸣。

到了五月，可以在这里听到一阵新奇而迷人的声音。你正在柔和的晨光中散步，忽然从某个神秘的地方爆发出一阵刺歌雀的旋律。二十副歌喉同时迸发出一首简洁、喜悦的悠扬欢唱，然后又骤然停止，空余一片寂静。那声音里有一种陌生的距离感，让人不禁为之着迷。不一会儿，你会发现这声音从高空传来，如果眼睛够快，你还可以瞧见那群北飞的欢乐鸟儿。它们似乎在途中嗅到了从远方传来的草地的芬芳，于是高唱着一段又一段期望之歌。

刺歌雀并不在华盛顿市内繁衍生息，但经常在迁徙途中于此处停留歇息，白天就在城北的草地上觅食。当季节来迟时，它们会在这里逗留七到十天，纵情高歌，就像在自家一般无拘无束。它们通常成群结队地仔细搜索地面的每个角落，间或拍打着翅膀盘旋在空中，或落在某棵树的树顶上，随即全体成员开始吐露心中的快意，整片天空都充斥着它们酣畅淋漓的旋律。

之后，它们继续前行，夜间行进，白天觅食，直到过了五月中旬，才逐渐销声匿迹。九月，它们踏上归程，此时鸟群的数量已然突飞猛涨。我最初意识到它们回来了，是由于在夜间听到了它们飞过城市上空时发出的声音。在某些夜晚，那叫声分外清晰。我在午夜惊醒，躺在床上，透过敞开的窗户，听到了它们隐约的叫声。莺鸟也差不多在同一时间归来，它们羞怯的“耶噗”声很容易辨识。在众多昏暗多云的夜晚，鸟儿似乎被不夜城的灯光迷惑，公然在城市上空徘徊。

同样新奇的事情在春天也会发生，尽管那时只能辨识出少数几种声音。我听出有暗眼灯草鹀、刺歌雀、莺鸟，在五月上旬，有两天夜里我还清晰地听见了鹬鸟的叫声。

到了六月，这里的草甸上便不再有刺歌雀的身影，只有美洲雀。这种鸟和鹀鸟非常相似，对待歌唱同样怀有一颗执着的心，虽然它们的乐感可能差了一点点。它们总是栖在篱笆上和路边的树上，尾翼舒张，发出刺耳的叫声，它们的歌声听上去可大致翻译为“啡嘶噗，啡嘶噗，飞，飞，飞”。和初夏时节所有的鸟鸣一样，很快这种歌声便产生了一种与天生本质无关的听觉魅力。

出了市界，对于漫游者和自然爱好者而言，最吸引人的地方当属岩溪一带。岩溪的水量极大，且水流湍急汹涌，其源头位于马里兰州内陆，最终流入夹在华盛顿市和乔治敦中间的波托马克河。在流出华盛顿市五六英里的那段水域里，景色多变，引人入胜：那是一处幽深的溪谷，植被丰茂，两岸岩壁高悬，还有许多又高又险的岬角，与一处荒凉的峡谷无异；溪水时而在一段幽长的河段内歇息，时而又奔腾而下，绕过陡弯或越过岩床；它不时接纳些小溪小流，或是从左侧汇入，或是从右侧涌来，就这样使人们的视线豁然开朗，两岸美景尽入眼帘——岩溪具有自然界的一切元素，不仅有优美宜人的景象，还有野性荒凉的粗犷。或许，美利坚合众国内再无一处像华盛顿市这样，在城市的边界便可探寻自然的美丽及壮阔，而通常，人们只能在偏远山林中寻求这一切。从乔治敦到距离国务院现址不足两英里处的被人称为“水晶泉”的这一整片地区，只要稍加些艺术的修饰，就可以变成这个世上最无可比拟的公园。这两地之间有一些荒凉原始的小路，就像是在哈德逊河或特拉华河在山中源头处的那些小径一样，明显未经过任何文明打磨。

这一带内，有一条岩溪的支流，叫松枝溪。虽然小，却昼夜不歇滚滚奔腾，它流经一个风景秀丽如画的山谷，几乎全程都有栎树、栗树和山毛榉的遮蔽，阴暗幽闭之处不计其数。

刺歌雀
bobolink

红花槭
red maple

说到这里，我自然不能不提这一整片区域内众多的泉水，每一汪泉水都是某个荒凉孤寂角落的中心，又或许是某个绵延一两百码长的溪谷的源头，走在溪谷中都可以瞥见或听到在山下奔流的主干溪。

我散步时通常朝这个方向走。每到星期天，成群结队的男孩子也会来这里游泳戏水，或只是在附近溜达，纵情沉溺于潜伏在心中的、近乎野蛮的杀戮本能。无论何种形态的生命，在水源附近都是极其丰富的。茂盛的植被滋养了昆虫，昆虫又吸引了鸟类。三月的第一个星期，在日照充足、阳光和煦的某处朝南坡，我总能发现盛开的獐耳细辛，尽管才刚刚露头，花茎还不过一英寸。小溪边，

美国草莓树
Pacific madrone

血根草
bloodroot

臭菘努力将尖矛拱出土壤，可最先出土的居然是花朵，好像大自然不小心犯了个错。

至四月一日左右，许多野花才一展芳容，此时最有可能见到的花有獐耳细辛、银莲花、虎耳草、草莓树、美耳草和血根草。一周后，春美草、豆瓣菜、堇菜、一种矮小的毛茛、野豌豆、紫堇和委陵菜便出现了。这些是几乎所有的四月开花植物，在岩溪及松枝溪沿岸遍地皆是。

每一条小溪谷或溪流畔，都有一种主要的植物。我十分清楚去哪里可以找到今年的第一株獐耳细辛，哪里的最大，哪里的又最美。在一处干燥、多碎石而又林木稀疏的山坡上，鸟足叶堇菜长得郁郁葱葱，而相邻的地区却几乎没有。这种我从未在北方见过的小花，是所有堇菜属植物里最漂亮也最引人注目的，令所有踏入林中的访客都赞叹不已。它通常一丛丛、一簇簇地独自生长，与花园里的三色堇十分相似；两片紫色、如同丝绒般的花瓣像一件华丽的斗篷轻轻搭在纤弱的肩膀上。

还是在这一面山坡，也只有在这面山坡，我会在五月一日前后去寻找宿根羽扇豆的植物；远远望去，这漫山遍野的小花将大地染成了湛蓝的一片。在另一侧的北坡荒林里，整个四月上旬，空气中都弥漫着草莓树的芬芳。再往前走几步，在一条奔流的小溪底部，茄参正用其小小的伞盖为地面遮阴。自四月初，这种植物便开始用力将指尖伸出地面，但直到五月后才会开花。它的小花呈白色，似蜡一般，且一株只会开出一朵；花朵散发出甜得发腻的香气，紧紧贴在其宽大多叶的顶端下方。这条小溪边还长着豆瓣菜和两种银莲花——宾夕法尼亚银莲和栎林银莲。几乎在岩溪地区的森林里的每一处温暖的山脚下，血根草都郁郁葱葱且随处可见，只要风曾给它盖上枯叶的被单，它便几乎可以与地钱一同露面。令人不可思议的是，只需要那么一点点温暖，这些早春的花朵便可绽放，就好像事先已有某种力量在地下做了充分的准备，一旦外界的气温合适，它们便立即冒着风险竞相盛开。在一周里还有那么两三天的夜间仍有霜冻时，我就已经看见破土而出的血根草了。我也知道，在有八英寸深的积雪下面，至少有三种早春的花朵已经冒出了头。

岩溪附近的另一种常见花朵当属春美草。和其他植物一样，它也呈条带状分布。在离你情有独钟的堇菜或草莓树只有几步之遥的地方，没想到视线会先被春美草吸引；它开得漫山遍野，以至于落足时几乎无法做到不踩踏到花朵。只有在午前来到这里的访客才能有幸见到它们淋漓尽致的美，因为到了下午，它们的眼睛便阖上了，娇嫩的花朵也因睡意而垂了下来。我只在一处见到过杓兰——黄色的那种。这一地区不受地界约束的花朵是美耳草，四月初，你就可

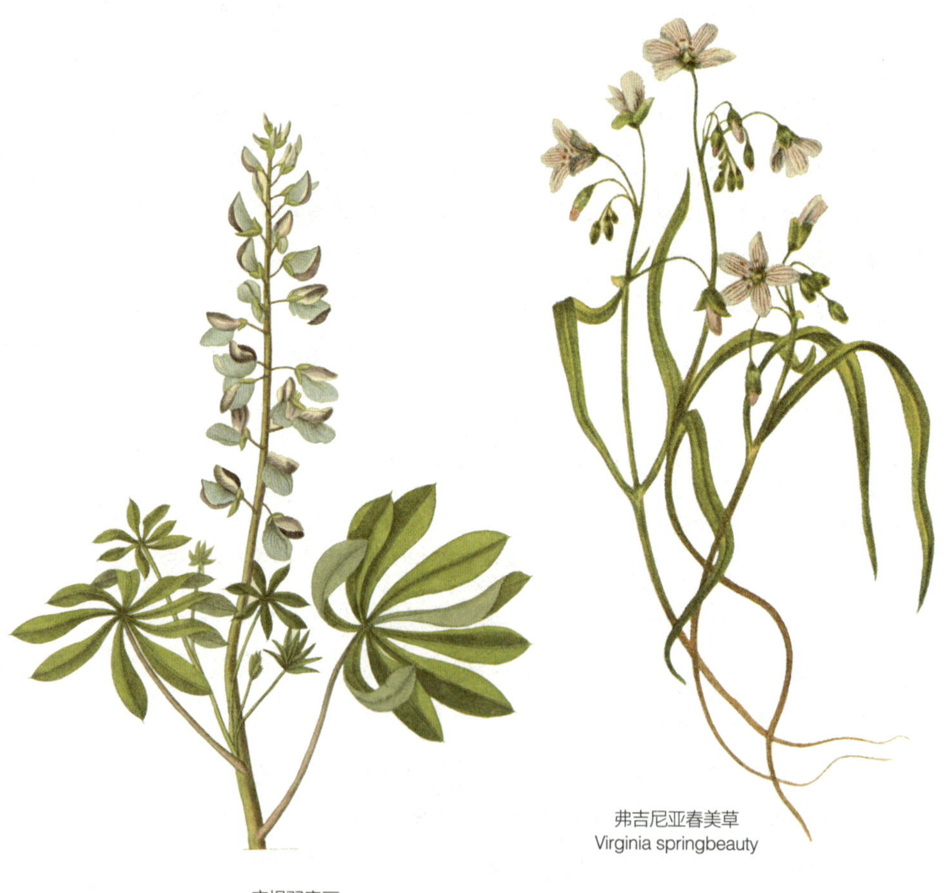

弗吉尼亚春美草
Virginia springbeauty

宿根羽扇豆
sundial lupine

以在温暖、潮湿的林边地区和已经呈半开垦状的田地间看到它的身影，还十分显眼；待到五月，这些地方就像被它们占领了一样，密密麻麻，一望无际。从横穿荒野的公路上便可远远望见，宛如一缕轻烟般缭绕在大地之上。

通常在五月一日那天，我会去岩溪或松枝溪地区听棕林鸫歌唱。我总能在这个时候听见它悠悠地唱神圣的赞歌。在这个时候，或是更早一些时候，也能见到其他鸫鸟，比如棕夜鸫、斯氏夜鸫、隐夜鸫——后两者通常默不作声，前者倒是歌声悦耳。

有时在五月上旬，我就会发现林中简直密密麻麻挤满了莺鸟，它们上蹿下跳，检查每一根树枝和每一片树叶，从最高的郁金香到最矮的山胡椒，可见在漫漫北上的旅途中它们对食物的需求是多么的迫切。到了夜间，它们便全都飞走了。在短暂的逗留期内，有一些莺鸟，比如北森莺、栗胁林莺和橙胸林莺，会如同在其繁殖地里一样自得地高歌。有两三年的时间，我都有幸偶遇到了一小群栗胁林莺，它们在高地的一片栎树林里觅食。它们只谨慎地躲在树枝间，动作略微迟缓，显然只打算在此地稍作停留。

此地度夏的留鸟中，莺鸟寥寥无几。我曾看见过的有黑白森莺、黄腹地莺、食虫莺、橙尾鸲莺以及在岩溪附近生活的蚋莺。

在上述这些莺鸟中，迄今为止最有趣的当属黄腹地莺，但是它十分罕见。我都是在林中低洼的湿地附近见到它，通常是某条溪流边的陡坡上。先是时不时听到一声清晰响亮、如铃铛般清脆的哨音或颤音，随即便看到它从地面上跳起，去抓一只躲藏在树叶背面的昆虫或毛毛虫，这便是它典型的动作。黄腹地莺属地莺一类，它所能及的高度非常有限，事实上其活动高度比我所知的任何一种莺类都要低。它几乎全天都待在地面上，快速移动着捕捉蜘蛛和小虫，掀起树叶，窥探树枝底下和岩石缝隙，还时不时跳上八到十英寸，好从垂落的树叶下方捕获食物。由此可见，每一种鸟类的活动高度多多少少都是确定的。在离地面三英尺处画一道线，这就是黄腹地莺平时觅食的活动高度范围。比这条线再高个六到八英尺，就是食虫莺、黑胸地莺和黄喉地莺的活动范围。在自己的活动高度范围内，黑喉蓝林莺偏爱高树的低枝和低树的高枝。鸫鸟通常在地面和贴近地面处觅食，一些绿鹃和纯种的霸鹟更爱探索最高处的树枝，而莺类则一律钟爱茂密的灌木丛。

就莺鸟的体型而言，黄腹地莺算是很大的，其外形也十分醒目：背部呈明亮的橄榄绿，喉部和胸部是亮黄色，另外一个更显著的特点是，其脸颊两侧各有一道黑色条纹，一直向下延伸到颈部。

这里还有一种我在北方从未见到过的常见鸟类，就是蚋莺，即奥杜邦所称的灰蓝蚋莺。无论是体型或举止，它都神似小一号的灰嘲鸫，小猫似的叫着，

黄腹地莺
Kentucky warbler

竖起尾巴，来回摇摆，翅膀耷拉着，因你的出现而做出各种各样的动作，这在许多方面都令人想起了它的灰色原型。灰蓝蚋莺的背部呈亮丽的灰蓝色，向下逐渐变淡，至胸部及腹部已变为白色。它的体型非常小，却有一根纤长灵巧的尾巴。它唱起歌来口齿不清，叽叽喳喳又语无伦次，时而与金翅雀有些相似，时而又有点像小型的灰嘲鸫或北扑翅鴷，虽变化无穷，但不甚连贯，也毫无节奏感可言。

此处另一种让我颇感兴趣的鸟是白眉灶莺。它是让鸟类学家难以分辨的三种鸟类之一，另外两种便是声名远扬的橙顶灶莺，以及黄眉灶莺。

此处的白眉灶莺数量虽不算太多，却也可以在岩溪沿岸时常见到。这种鸟敏捷活泼，属于使人着迷的歌唱家那一类。在一个明媚的五月天里，我曾见到一对白眉灶莺，它们在两条溪流间飞来飞去，时而落在某个中间点歇息，雄鸟突然开始高歌，那是我听到过的最生动的即兴演唱。它的歌声是在瞬间迸发出来的，以三四个清晰圆润的音符作为开头，那声音十分像单簧管的某些音调，最后以一串急促而又繁复的颤音作为结尾。

这种鸟只有在颜色上类似鸫鸟，它的上半身呈橄榄棕，腹部为灰白色，喉部及胸部布满斑点。其习性、举止和叫声更像百灵鸟。

每一次沿着岩溪散步，我都会被黄胸大䳭莺逗乐，有时也会被惹恼。这种鸟虽然也有一些灰嘲鸫的举止和体型特点，但它确实是独一无二的。与这个欢闹的语言能手相比，灰嘲鸫反倒显得温和而阴柔。它的嗓门极大，声音雄浑有力又颇为怪异。你刚刚找到它的隐居地（通常位于一些靠近森林或荒废田地的低洼、潮湿地区的茂密灌木），它便开始演唱小夜曲，曲调多变，风格怪诞，内容粗鄙，和乡下的粗野之人差不多。如果有人径直从它身边走过，它一般不会出声。但只要你停留片刻或在附近悄悄徘徊，它便兴奋起来，表现欲被勾起。它通常疑惑地从树枝底下偷窥你，然后发出一声猫一般的尖细叫声。不一会儿，它便清楚地发问："是谁，是谁？"接着快速地吐出一串音符，简直堪称是林中最不协调的音符，打破了这一片宁静。它先是像小狗般汪汪地吠，再是像鸭子般嘎嘎地叫，接着又像翠鸟般咯咯地唱，然后是狐狸般的尖叫，短嘴鸦似的啼鸣，猫一般的喵呜。此时，它的声音听起来像从远方传来，彼时，它便又换了调，好像要对听众演讲。它十分羞涩，当你想仔细看看它，露出任何靠近的倾向时，它便谨慎地躲藏起来；若你只是保持安静，不久它便会跃上一根细枝，或是在一根视线没有被阻挡的树枝上跳来跳去，垂下尾翎，耷拉着翅膀，高昂着头，表现得很是夸张。不到半分钟，它就又飞回灌木丛中，再一次开始歌唱，与它发出的“r”的卷舌音比，没有哪个法国人能比它更加流畅。咳——啭——啭——呜啭——就是这样——呿——嘎嘎，咯咯——咿特，咿特，咿特——现在是高潮部分——嘚啭——啭——然后是——呱，呱——切，切——啼啵咿——呼，呼——喵，喵——如此种种，直到你听得厌烦。一天，我近距离观察这样一只鸟时，我发现它的音域局限在六个音符或六种变调中，它按照特定顺序

黄胸大䳭莺
yellow-breasted chat

一一唱出，在十几次的重复中几乎没有改变音符。有时候，如果离它距离太远，它会飞下来好从近处观察你。它的飞行动作独特而富有表现力——双腿伸直，头低垂着，翅膀快速地拍动，整套动作有趣且滑稽。

无论是从体型还是羽色上看，黄胸大鵖莺都堪称是一只优雅的鸟。它的羽衣相当结实且紧凑，上半身呈亮丽的橄榄绿色，下半身为亮黄色，黑色的喙看起来强劲有力。

主红雀，在这些地方也十分常见，虽然这种鸟其实更偏爱森林。它因为常常受到鸟类爱好者和少年猎手的追逐而变得非常羞涩。这种鸟常常令人想起英国士兵的红大衣；它的喙又重又尖，帽冠很高，脸上有黑色条纹，头部和颈部呈现出的沉稳和庄严，以及它高傲的态度，使它看起来颇像一位果敢的士兵。它的歌声或哨音里，也有某种类似横笛的音调，而它被打扰时的啼鸣，通常像是军刀在叮当作响。昨天，我在一条小溪边的一个僻静小角落里，正懒洋洋地坐在浓密绿荫下葡萄藤吊起来的秋千上，一只主红雀就在我头顶上方几英尺处追逐一只昆虫。它跳上跳下，时不时发出尖锐的叫声，当那只蛾子或甲虫试图逃跑时，它从绿荫中突然冲出来，几乎直冲到我坐着的地方。那场景就像是一个火把从树枝间投落下来。它立刻就看见了我，于是惊惶地飞走了。雌鸟的身上带着点褐色，只有当它飞起时，才会稍稍显露出一点红色。

到目前为止，华盛顿一带出现最多的啄木鸟是红头啄木鸟，甚至比旅鸫更常见，我几乎每一天都能听到它奇怪的叫声，不是在密林深处，而是散布在山坡及原野间的枯栎树和灌木丛里，“咳特嗬嗬嗬，咳特嗬嗬嗬”，就像一大只雨蛙的叫声，从城边的一片栎树林中传来。不过，它飞过开阔林时的身姿又是那样美丽，在树与树之间划出一道深红与纯白相间的和缓弧线。这种鸟的身上同样带着尚武的气质，它考虑周全、庄严稳重的行事方式，以及一身红、白、钢青色相间的靓丽制服，都表明它是一名军官。

我的另一个喜爱之处在这座城市的东北部。从国会大厦往那个方向望去，不到一英里的距离，你就能看见一片开阔的山坡，绿意盎然，坡度平缓，延伸至山脚下成为一大片草地。山顶上——如果如此一块缓缓起伏的草地也可以说有顶的话—— 一大片高大的栎树；最前方一片茂密的树林像披风似的向后飘，只将侧面完全包围。在这座城市的许多地方都可以看到这片翠绿的景观。从北方自由市场沿纽约大道望去，视线从街道上的红色黏土上掠过，落在远方这片清新的景色上，它似乎是在邀请市民前往，修身养性。相比于某些看起来又热又难耐的街道，这个地方是多么诱人！望着这片绿意，我的眼睛就像沐浴在喷泉中一般。有时，能看见成群的牛儿在那儿吃草。六月里，能看见农民在收割干草。到了冬天，当大地覆上皑皑白雪，仍然还有很多成堆成捆的干草留在那里，滋养你的眼睛。

那一片生长在小山东坡，又继续向东面延伸的树林，是我所找到的整片特区内最佳的去处之一。树林里主要长着栎树和栗树，还有一些星星点点的月桂、杜鹃花和山茱萸。那里是唯一一处我见到猪牙花盛开的地方，也是我知道的采摘草莓的最佳地点。在一处覆满苔藓的山坡上，草莓树冲破苔藓的封锁，露出累累的硕果。

从这些林子里出来，往城市走，可以看见国会大厦的白色穹顶耸立在眼前的绿色山丘之上，它那重达四千吨的钢铁之躯，就这样优雅而轻盈地被这片土地举至高空。在华盛顿所有这些景致里，能在我记忆中留存最久的，便是这个如云朵般飘浮在山林之上的伟大穹顶。

Chapter 6

漫步桦林

纸皮桦
paper birch

我将要谈论的这片地区位于纽约州南部，包含三个地区的部分疆域——阿尔斯特、沙利文及特拉华。哈德逊河和特拉华河的支流都从这里流过；与纽约州其他地区相比，这里的荒野面积堪称是仅次于阿迪朗达克山区的第二大地区。由于多重山脉从此地横穿，因此形成了这里严峻的北地气候。这些山实属卡茨基尔山脉，一些当地的地图上也把它标记为“松山”，不过这名字显然不适，因为据我观察，这里根本没有松树。“桦木山”这个名字也许更符合其特征，因为各处山顶上都遍布桦树。这一地区是甜桦和纸皮桦的自然乐园，每一处都长势喜人。侧面的山坡上长着茂盛的桦树和槭树，在稍低一些的山坡上，过去曾长着郁郁葱葱的铁杉，荫蔽了整个山谷，可同时也招来了伐木工和制革匠，而如今除了那些偏僻荒凉或人迹罕至的地方，别处再也找不到铁杉的踪迹。在尚代肯以及伊索珀斯一带，它几乎是全村唯一出产或唯一有可能出产的物品。铁杉的树皮孕育了近二十家制革商，并促使他们繁荣壮大，其中的几家现在仍然活跃。也是在当下的这个季节，我经过那片区域时，看见残留在山侧高处的几小块铁杉林正在被砍伐剥皮，刚刚被剥了皮的铁杉露出雪白的树干，从很远处便可望见。

不同于火山区，这些山峰没有尖耸的峰顶或陡峭的斜坡，有的只是绵长整齐的山峦，山顶树木葱茏，辽阔起伏的地平线令人赏心悦目。站在特拉华河源头的高地上向南眺望，你可以看到，二十英里外是连绵起伏的青山，层峦叠嶂。倘若天际线上少几棵大树，便可从远处就将这缺口尽收眼底。

从哈德逊河一侧进入该地区，需穿越沿着卡茨基尔山脚的一片崎岖起伏的乡村地带，卡茨基尔山从索格蒂斯附近的某一点起就向着内陆延伸。驾马车行走数小时后，便可进入一座陡峭高山的阴影地带，这座山算是这部分山脉在这一段的一个交接点，被人们简单地称为“顶点”。其东面及东南面的山坡陡降至平原地带，傲视着二十英里外的哈德逊河；山的背面及其西面、西北面则延伸出无数小山丘，仿佛是它们在支撑着这座傲然挺拔的主峰。

从这里直穿至宾夕法尼亚，中间相距约一百英里，而这一片区域便是我所要讲述的。这是一条宽二三十英里的乡村地带，荒凉芜杂，却错落地散布着几户人家。搭乘纽约至伊利火车的旅客有机会一窥其景象。

这一带遍布许多流向四面八方的鳟溪，河水又冷又急，而它们的源头都位于这片区域内那些小湖泊和无数的山泉，比如磨坊溪、枯溪、威勒韦马克溪、河狸基尔[1]、马鹿林基尔、美洲豹基尔、不沉溪、大因金溪和卡利昆溪等。河狸基尔是西部的主要排水口，在汉考克野外汇入特拉华河。不沉溪蜿蜒向南，同时将整片区域向南开阔，最后也汇入特拉华河。东部，数条“基尔”同大因金溪相汇形成伊索珀斯溪，然后流入哈德逊河。枯溪和磨坊溪都因盛产鳟鱼而闻名，两条溪全长都在十二至十二英里，最终双双汇入特拉华河。

特拉华河的东侧支流即皮帕克顿支流在此地附近山间的一处深谷中产生落差。我曾多次停靠在路边一口丰盈的山泉边饮水，那里

① 基尔（Kill）：即溪流之意，多用于美国特拉华、宾夕法尼亚、纽约三州的地名中。

也是小溪流初见天光的地方。几码之外，溪水转向进入另一河道，经大熊基尔和斯科哈里基尔，流入莫霍克河。

纽约州内那些尚存的野生动物，都能在这一地区找到。熊群偶尔会偷袭羊群，引发大骚乱，谷口的那些空地便是它们经常捕羊的地方。

之前在大因金溪的河谷处及不沉溪的源头附近，常有不计其数的旅鸽定期飞来，在此孕育下一代；一连数英里的树顶全是它们的鸟巢，成鸟来来去去的喧闹声不绝于耳。不过狩猎者很快便发现了这个地方，无论远近，每到春天捕猎者都蜂拥而来，不管是成鸟还是幼鸟都逃不过他们的枪管。这一行为很快便迫使鸽群迁移，现如今只有寥寥几对旅鸽选择在这片林子里繁衍生息。

旅鸽
passenger pigeon

这里倒是还能看见鹿，只不过他们的数量一年比一年少。去年冬天，仅河狸基尔沿岸，就有近七十头鹿被猎杀。我听说有个混蛋见鹿被困在雪中，竟穿着他的雪鞋走向鹿群，仅早餐前的一个清晨便杀了六头鹿，留它们暴尸原地便扬长而去。传说若是一人做了十恶不赦之事后会遭到报应，被揍到失明或变成傻子，但事实上那个恶棍没有遭到任何天谴，让人对此类传说产生怀疑。

但是，这块地区最吸引人的地方还是鳟溪，这里的许多溪流湖泊都盛产鳟鱼。鳟溪的水温极低，泉水的温度在四十四至四十五华氏度[1]，而小一点的溪流水温约为四十七或四十八华氏度。鳟鱼一般体型娇小，但在一些偏远的支流中数量繁多。这些地方的鳟鱼通体漆黑，不过游在湖中却有一种无法言说的亮丽光泽。

① 1华氏度约为 -17.22℃，此处泉水温度约为 6~7℃，溪水温度约为 8℃。

近几年来，常有成群的垂钓者到访这片水域，河狸基尔这个名字如今在纽约州户外探险家们的耳中家喻户晓。

在卡利昆野外的一面湖泊里盛产一种品质上乘却略显奇特的白亚口鱼，只有在春季它的产卵期里，“当树叶大如花栗鼠的耳朵般”时才能捕捉到它。这种鱼会游进小溪和水湾中，从黄昏时分开始，越来越多，直到整条河道里的每一寸空间全部被它们塞得满满的。渔民就在这个时候出击，用一蒲式耳溶剂的大桶直接将它们捞起，但一般而言他们都是涉水径直走到活蹦乱跳的鱼群中，徒手捕捞。用这种办法，即使只有一小群人也可以捕获一马车的鱼。特定气候条件下，比如刮起温暖的南风或西南风，这种时候最利于鱼儿游动。

尽管我从小就很熟悉该地区的周边一带，但我真正深入其荒野地带的次数不过两次。一次是在一八六〇年，我和一位朋友沿着河狸基尔至其源泉，在鲍尔瑟姆湖畔露营。偏偏一场冰冷且持久的暴雨来袭，逼得我们在未做好准备的情况下提前离开。我想我们俩谁都无法很快忘记那天我们曾在山中的一条不知名小道上艰难跋涉，还背着一大堆不必要的东西，早先傻乎乎地以为可以在林中玩乐时用上；也不会忘记我们一起在山顶休息，在蒙蒙细雨中煮鱼充饥；更不会忘记日落时分我们抵达磨坊溪时，溪边的那一栋简陋却充满温情的小木屋。

第二次深入荒野是在一八六八年，我们一行三人进行了一次短暂的探寻鳟鱼之旅，去了位于同一片山中的一个叫托马斯湖的水域。出乎意料地，这趟旅程比我曾经参加的任何一次都更让我深刻地意识到，自己是一个多么差劲的印第安人，当我们置身于路不明山又高的林中时，一行人显得多么狼狈。

一个六月的下午，我们在磨坊溪源头附近的一处农舍离开了大部队，背着背包进入山脚下的森林，希望能够在日落前穿过横跨在我们和湖泊间的这座山。在农舍时，一个背着联邦军背包的年轻人碰巧也在那里歇息，一番交流后，为了避免一开始就走错路，我们请他作我们的向导，先带着我们走上几英里，此人脾气很好，只是有些懒惰。听他说起来，似乎找到托马斯湖是世上最容易不过的事情。根据描述，那里的地形十分简单，我感觉即便是在黑夜里我都可以找得到。“沿着这条小溪走，一直走到它山侧的源头即可，”他说，“湖口所在的溪谷就在正对着的那一面。”再简单不过的事了！可再稍微细问几句，他又说到了山顶之后要“向左走”。这便又没法确定具体方向了，在一片陌生的森林中，“向左走”是一种极不能确定的举动，我们很可能因为偏得太左而误入歧途。而且，如果说湖就在正对面的话，为什么又要向左走呢？啊，湖不是正对着我们，是稍稍有点偏左。那附近还有两三处别的山谷，但我们肯定可以轻松找到正确的那个。不过为求双重保险，如之前所述的那样，给旅行开个好头，我们请向导和我们一起走到了那个“左转”的点。向导去年冬天曾去过那个湖，也认识路。开始的半小时，我们沿着一条昏暗隐蔽的林间小路前行，冬天里，伐木工就顺着这条路将桦树拖出树林。沿途有一些铁杉，但更多的还是槭树和桦树。一路林木茂密，而且少有低矮的灌木，上坡也甚为平缓，右侧潺潺的水声几乎伴随了我们一路。我走近过一次，在溪水中发现了成群的鳟鱼。溪水冰凉刺骨。前进一段后，坡势变陡，丰沛的小河也变成涓涓细流，顺着松散的长满苔藓的大小石块向下流，我们费了九牛二虎之力才气喘吁吁地爬上崎岖的山坡。每一座山都有其最陡之处，而这些地方通常在山顶附近，我猜想这正合天意，因为不都说黎明之前夜最黑吗？山势越来越陡，越来越陡，直到你登上山顶前的那片平坦的，或称之为带些弧度的地面，这是古老的冰雪之神在很久之前精雕细琢的成果。

我们发现这座山的背后有一片山谷，那里的地面柔软湿润。途中我们见到了一些大型的蕨类植物，几乎与肩同高，还看见了几片沼生杜鹃，红花开得正艳。

当地势开始朝着另一侧下降的时候，我们的向导最终在一块大石头旁停下脚步，他说带着我们走到这里就足够了，接下来我们不用费什么力气便可以找到那个湖。“它就在那下边。”他一边手指着那个方向，一边说道。但很显然，他心里其实也并没有那么确定。途中他曾几次犹豫不决，当翻过山顶往左拐时也面露难色。但我们还是没有多想，和他告别后便充满信心地冲下山，沿着一条我们相信一定是通向那个湖泊的小溪前进。

在这些东南朝向的林子里，我第一次在此行中注意到棕林鸫。之前从另一侧上山的时候，我并未见到任何鸟类留下的羽毛，也没听到一丝鸟鸣。而现在，棕林鸫圆润洪亮的颤音在寂静的林中回响。下到半山腰时，我正四处搜寻树枝想做一根鱼竿，便在一棵小树上发现了一座棕林鸫的巢，离地面约有十英尺高。

我们一路向下，直到我们唯一的向导——那条奔腾的小溪流，变成一条开阔的鳟溪，原先微弱的潺潺水声也变成响亮的哗哗声，我们开始急切地伸着脖子想透过树缝一睹湖面的景象，或是能捕捉到任何能显示它就在附近的地貌特征。在观察近处的树时，视线越过远处的树顶，我们可以模糊地识别出一个物体，仔细一看，原来是一块耕地。继而，我们又认出它旁边的是一块烧过荒的休耕地。这可真是一盆冷水，浇灭了我们所有的期待。没有湖，没法打猎，更没有鳟鱼当晚餐。那个懒惰的年轻人要么是故意捉弄我们，要么是他自己也迷了路，不过看起来显然是因为第二个原因。我们迫切地希望可以在日落之后、天黑之前赶到湖边，因为鳟鱼在那段时间里最为活蹦乱跳。

继续向前，我们很快便来到了一片残株遍地的原野，位于一道向西边延展的陡峭山谷的入谷处。我们脚下约两百杆远处有一栋简陋的小木屋，烟囱上炊烟袅袅。一个小男孩从屋里出来，手里拎着一个小桶径直走向小溪边。我们冲他大声地呼喊，他回过头看了我们一眼，却没任何回应，反而立即又跑回屋子。

北美豪猪
North American porcupine

不一会，一家人都急匆匆地冲到院子里，朝我们这边看。就算我们三个是顺着他们家烟囱爬下来，他们看到时的惊愕程度也不过如此了。由于听不明白他们说了些什么，我走下山坡朝木屋走去，结果懊恼地得知我们还在磨坊溪的一侧，只不过翻过了一个山头而已。我们到达山顶后，在那个本应左拐的点，拐得不够左，而主山脉在翻越点后走势突然向东南折回，因此它现在仍然横在我们和湖泊中间。我们一路沿着溪流走，距离出发点约五英里，距托马斯湖不止两英里。现在我们必须立即回到山顶——我们和向导分手的那里，然后一直向左走，很快便会遇见一排被刻上记号的树，它们将指引我们找到湖泊。于是，我们掉转回头，顽强地开始重走我们刚刚走过的路——这无论如何都算不上是一件令人愉快的差事，现在这种情况下尤为费力。我们折回时，太阳已经落山，还没爬到半山腰，天就完全暗了下来。我们时常不得已地将背包抵在树上减轻负担，好喘口气，因此行进得很慢。当我们走到一块从山上滚落而停在这里的平整巨石旁时，大家终于决定休息，准备扎营过夜。我们生起了火，清理了巨石，又分着吃了一小块面包，把随身装备高高挂在豪猪够不到的地方。据说此地豪猪成群，将一切安顿好后，我们三人便准备休息。假如猫头鹰或豪猪（我觉得半夜里我听见过一只豪猪的叫声）来我们的营地侦查，就会看到巨石上铺着一块野牛皮的毯子，一头是三只并排的旧毡帽，另一头则伸出了三双不堪入目的老旧牛皮靴。

我们躺下时，林中似乎一只蚊子也没有，但那些“看不见的敌人”——就是梭罗笔下的印第安人给摇蚊起的名字，我觉得这名字相当贴切——它们很快便发现了我们，在火堆熄灭后更是肆无忌惮地飞下来骚扰我们。我的手部和腕部突然变得又痛又痒，那感觉真是无法言说。我的第一反应是我不知怎么中了毒，后来痛感一直扩散到颈部、脸部，甚至连我的头皮都开始痛，我这才开始怀疑。于是我将自己裹得更加严实，尽量把双手缩起来，试着入睡；而我的同伴们显然并不在乎这群“看不见的敌人”，他们睡得香甜。除了摇蚊，还有身下的这张不整齐的睡床也令我十分困扰，显然没有女服务员将它拍打平整；有一块大大的鼓包怎么也弄不平，我试着用自己的天然曲线去适应它，不过每次尝试仅能带来片刻缓解。不过最终，我终于克服了困难，安然入睡。后半夜醒来，忽闻附近传来橙顶灶莺的歌声，愉快响亮，仿佛此时不是深夜而是正午。我心想，自己还是挺幸运的。鸟类很偶尔才会在夜间歌唱，就像公鸡打鸣一样。我曾在夜间听见过的，也只有棕顶雀鹀和东王霸鹟的鸣啭，以及披肩榛鸡的阵阵鼓翼声。

东王霸鹟
eastern kingbird

当天空透出第一缕晨光，一只棕林鸫便在我们下方几杆处开始歌唱，不一会儿，当灰色的天光逐渐散开，林中各处的鸫鸟都开始放声歌唱。我觉得我以前从来没有听过它们如此甜美的歌声。一曲多么悠扬动听的赞歌啊！它就这么抚平了我们心中的一切伤痛。这是鸟儿开始一天忙碌的第一件事——在这曲晨间合唱之前，虫子们不用担心安危。据我判断，这些鸟定是在离地面几英尺高的地方歌唱。事实上，它们在任何情况下都栖息在巢旁，而棕林鸫确实占据了森林的首层空间。

林中棕林鸫的分布有点奇怪。若是在我开始观鸟的初期，在这些树林里发现它们的踪迹必将使我大吃一惊。实际上，我曾两次在发表的文章中宣称卡茨基尔山高地上没有棕林鸫，但隐夜鸫、棕夜鸫却十分常见。结果证明，这一论断只对了一半。在这里也能找到棕林鸫，只不过相较于另外两种，它稀少得多，习性也更为孤僻，且只有繁殖季在偏远的山区才能见到。除此之外，地理位置也至关重要，只有在东侧和南侧的山坡才能发现它的踪迹。在这一地区，我从未见到过这种鸟在附近或相似的林中过完繁殖季，这一现象与我在州内其他任意地区观察到的结果大相径庭。不同地区同种鸟的生活习性果然相差甚大。

天一亮，我们就起身准备继续上路。一丁点涂抹了黄油的面包和一两口威士忌，就是那天的全部早餐。面包和酒的存量都非常有限，我们还想着每样都留一点，若是没有找到我们心心念念的鳟鱼，这些足以备不时之需。

午前很早的时候，我们便赶到了与向导分手时的那块巨石处，四下环顾周围无路可循的密林，心中充满疑虑。在前路如此未知迷茫的情况下，又有前车之鉴，此时仅依靠自己迈出闯荡的第一步显然需要经过慎重的思虑。这些山的山顶十分宽阔，林中很短的一小段距离也显得非常遥远，导致人们在登顶后无论如何也无法探清这里的地形地貌。更何况这里还有众多的山脊、支脉，山势走向又多变，愈加使得依靠双眼做出判断变成一件不可能完成的事，很可能你还没意识到自己的失误，便偏离目标了。

此时，我想起了一个我认识的年轻农夫曾说起的他的故事，他讲述了他是

甜桦
sweet birch

如何在无路可循且没有任何指引的情况下，于此地长途跋涉一天穿过心腹地带，最终成功到达他的目的地的故事。他去卡利昆——一个以盛产树皮而闻名的城市——剥树皮，剥够数量后，想赶快回到他位于枯溪的家，于是便不想再像平常那样迂回绕行；这样的话就只需走上十到十二英里，但必须翻过好几座山头，还要穿过一片原始森林。这一做法十分冒险，因此没有人愿意与他同行，就连十分熟悉那里地形的老猎手都劝他放弃，说此行太过危险，他肯定不会成功。不过这个年轻的农夫下定了决心，他仔细记下了老猎手所告知的地形地貌，背上他的斧头便出发了。他径直穿过森林，无论是沼泽、溪流，或是山脉，都没能使他偏离方向。在他停下来休息时，他用目光选定前方的某物作为目标，以确保再次出发时不会偏离既定的路线。老猎手告诉他路途中间会遇见一座猎人的小屋，如果能看见它，就证明他走得没错。大约正午时分，他便达到了小屋，等到日落时分，他已经出现在枯溪的源头了。

由于没有找到那排刻有标记的树，我们只好犹犹豫豫地往左走，始终走在最高的山脊上，边走边在沿途经过的树上刻下痕迹。我们不敢下山，唯恐下山下得太早；因为对我们有利的地形就是高地。浓雾渐渐升起，我们更加不知所措，但依然选择继续前行，爬上岩架，穿过蕨类植物，这样走了两小时后，我们在一条小溪边稍作休整。围绕着山的最高处，有一面巨大的石壁，而这条小溪正从石壁下汩汩而出。这里有一片相当宽阔的高原，桦树林郁郁葱葱，树木高大无比。

休息过后，我们交换了意见，然后一致决定接下来还是不要再像之前一样负重前行；但我们又不愿将所有东西都丢弃，于是我向同伴们提议，由他们带着行李留在小溪边，而我再做最后一次努力去寻找湖泊。如果我成功地找到了它，想叫他们前去，便鸣枪三声；如果我一无所获想要返回，就鸣枪两声，当然他们也要做出相应的回应。

于是乎，我在溪边将水壶装满水，顺着小溪的指引再次踏上征程。可还没走上两百码远，小溪便逐渐干涸，最终沉到我脚下的泥土里去了。这时我的脑海里出现两种声音，一种是迷信之音，觉得我们三人一定是中了魔咒，才导致我们一再被路上的各种向导如此捉弄；但另一种声音一再地告诉我坚持下去。最终我决定再走走试试看，于是我不管不顾地大胆朝左边走去。“向左，向左”，这就像一个秘诀。此时，浓雾渐渐散去，我因此可以更加清晰地看清地形。我曾两次向陡峭的山崖下张望，很想冒险地纵身一跃，但还是犹豫了，老老实实地沿着石壁边缘前进。当我站在一块岩石上考虑何去何从时，我忽然听到一声灌木断裂的声音从下方传来，那声音听起来就像灌木被某种大型野兽踩断一般。我心下好奇，于是轻手轻脚地爬下山坡想一探究竟，结果发现原来是一群小牛犊在悠闲地吃草。我们之前好几次经过它们走过的小道，那天早晨还在山顶看见了一块平坦的草地，那里就是它们每晚过夜的地方。我本以为它们会因我的出现而受到惊吓，而事实正好相反，它们好像十分欣喜地围绕在我周围，似乎想向我打听外界的消息——比如说牛市的行情。它们向我走近，急切地舔着我的手、衣服和猎枪。它们想要的是盐，但凡是含有一丁点盐分的东西，它们都想吞下。它们大多是一两岁的小牛犊，毛皮光亮得如同鼹鼠的皮一般，看起来十分野性勇敢。后来我们听说，在春天里，附近的农民会把小牛犊赶到这些森林里，直到秋天，才将它们再次赶出来。到那个时候，它们已经长得非常壮实了——不像吃草料的牛那样满是肥肉，而是像鹿一般体型匀称，身姿矫健。它们的主人一个月来林中一次，将牛群召集起来喂盐。牛群通常有自己的活动范围，很少跑到界定范围以外的地区。看它们进食是一件十分有趣的事情：它们啃食低矮的树枝、灌木，还有各种各样的植物，完全不挑食，对所有东西都一视同仁地用力咀嚼。

牛群试图跟着我走，但我爬下几块陡峭的岩石，将它们甩在了身后。此时，我发现自己围绕山侧以螺旋状逐渐向下，途中我处处留意树林和地形，希望能捕捉到一些令人希冀的线索或标记。后来，树林变得更加开阔，坡度也趋于平缓。沿途的大树又高又直，且每棵都很匀称。我还是第一次见到如此多的黑桦。我备受鼓舞，侧耳静听，从一阵卷起低垂树叶的微风中，我听到一声细响，我一厢情愿地认为那是青蛙发出的叫声。有了这条线索，我以最快的速度穿过树林冲下山坡，然后停下脚步，再次细细聆听。这次肯定没有弄错，那就是青蛙的叫声。我大喜过望，继续向前跑去。一边跑一边听着它们的叫声，“噗唧，噗唧”，这是成蛙低沉沙哑的叫声；“啪咯，啪咯”，夹杂着幼蛙尖细的叫声。

接着，我透过低矮的树枝，瞥见一抹蓝色的光影。我一开始还以为是远处的天空，可第二眼瞄去，我便发现那是水面，再一瞬间，我就钻出森林站在了湖岸边。我欣喜若狂，却发不出任何声音。终于找到了，湖面在旭日下闪闪发光，周围一切美得宛如在梦境。在昏暗的密林中迷失了这么久后，来到一片如此开阔、明亮的地带，真是一件大快人心的事情！我的双眼像逃出牢笼的小鸟般欢欣雀跃，自在地四下眺望。

这面湖泊呈长长的椭圆形，周长不超过一英里，岸边树林密布，四周地势缓缓抬升。我静静凝视着这片美景，片刻之后，我退回树林，往枪管里装了尽可能多的子弹，然后对着天空发了三响。枪声响彻群山。蛙鸣立刻归于沉寂，我静静聆听，等待回应。但没有等到任何回答。之后我试了一次又一次，但都没有听到一声应答。不过后来听我的一个同伴说，他当时爬到了溪水背后的一处高岩的顶端，隐隐约约感觉听到了一声枪响。但似乎来自他下方很遥远的某处，远在山下。我知道自己已经走出了很远的距离，也几乎难以指望用事先约定好的方法向我的伙伴传递消息，因此我决定返回，但不再选择我来时的那条迂回绕行的路，回程路上，我时不时再上膛鸣枪。我想这枪声肯定在许多像瑞普·凡·温克尔[①]一样长期休眠的人的梦中激起了反响。随着我的弹药越来越少，我只好交替着开枪或吼叫，直到我的枪管快炸裂，嗓子快嘶哑。最

① 瑞普·凡·温克尔（Kip Van Winkle）：同名短篇小说《瑞普·凡·温克尔》中的主人公，由美国著名作家华盛顿·欧文（Washington Irving，1783—1859）创作。由于受到妻子欺凌，温克尔独自到卡茨基尔山中打猎，一番机缘巧合后喝下仙酒，一睡二十年，醒来后发现世事早已变迁。

后，我几乎已经开始产生恐慌和绝望的不祥之感，而且开始模糊地思考该如何处理这个近在咫尺的危急时刻——我找到了心心念念的湖却丢了伙伴。这时，一阵清风传来了最后一声枪响的回声。我顿时来了精神，朝着声音传来的方向全速冲去，可几次尝试后，再也没听到第二声枪响。这使我再次充满恐慌。我担心伙伴们被回声误导，而我已经脑补出他们朝着相反方向赶路的场景。由于我想找到他们，一心向前奔跑，以至于没有留意脚下的道路，这也导致后来我为自己的粗心大意付出了沉重代价。实际上，他们并未走错，不一会儿的一声应答枪响便证明他们其实就在附近。我听见了他们的脚步声，紧接着灌木丛从中间被人分开，我们三人终于再一次汇合。

同伴们急切地发问，我向他们保证我已经见到湖了，就在这座山的山脚下，从我们现在所在的地方径直朝下走，一定能见到它。

锯叶桤木
hazel alder

灰桤木
grey alder

尽管我身上的衣服已被汗水浸透，但我还是欢欣鼓舞地背上背包，一行人开始下山。我注意到此处的树林较之我刚才经过的那片林子更为浓密一些，样子看起来也大为不同，但我没有多想，因为我这次想要去的是湖的源头附近，而非我刚刚到达的湖尾。我们没走多远，就见到了一排做了标记的树，我的同伴们便倾向于跟着那排树走。那排树和我们的行走路线几乎成直角交叉，一直顺着山侧向上延伸。我印象中这排树通向湖边，但如果我们继续沿着脚下这条路走，会比沿着那排树更早到达湖边。

大约下到半山腰处，我们便可从树枝空隙中看见对面的山坡。我替我的同伴加油打气，告诉他们湖就在我们和那个山坡之间，只有不到半英里远了。很快，我们下到山谷底部，可是眼前只有一条小溪和一片宽阔的桤木沼泽，很明显这是一个古代的湖床。我的伙伴们又气又疑惑，我向他们解释道我们现在很可能在湖的上游，只要沿着这条小溪走就一定能到达。“那你沿着走吧，”他们说道，“我们在这儿等你的消息。”

于是我便沿着小溪独自向前，可心里比任何时候都更加相信我们一定是遭到了诅咒，那面湖还是从我的眼皮底下消失了。我继续向前，一路上却未见到任何令人欣喜的迹象，我放下重重的包裹，爬上一棵枯朽的山毛榉，这棵树枝干歪斜，伸到了沼泽上方，但树顶的视野极佳。当我爬到我可以爬上的最高的树枝环顾四周时，树根处突然传来一声响亮的断裂声。我立刻跳下回落到地面，敏捷程度至少可以与熊媲美了，虽然只是匆匆一瞥周围的地形，但也足够让我确定这周围没有湖。我不愿就此罢休，于是将除了枪以外的所有累赘物统统丢在这里，然后继续踏上征程。在另一片桤木沼泽里挣扎着穿行了约半英里后，我安慰自己说湖已经近在咫尺。我看见一座低矮的山脊，像一只半张开的弯曲臂膀，于是便傻傻地想象它怀中抱着的便是我苦苦寻觅的目标。可是我在那里只发现了更大片的桤木沼泽。那条小溪在流出这片区域后，开始急速地向山下冲去，同时两岸也变得又高又窄，奔腾的急流声在我听来，就像是突然爆发出的一阵讥笑。我怀着满肚子的厌恶、羞愧和恼火往回走。事实上，我整个人都

北美土拨鼠
woodchuck

快瘫痪了，在离开近两小时后我重又与同伴汇合，饥饿、疲惫和失望交错，我对托马斯湖的兴趣几乎消失殆尽，生平第一次，我只想快点逃离森林。托马斯就自己守着那个湖好了，再让几个巫师好好替他把守！我甚至怀疑他或者其他任何人，有没有再次找到那个湖的。

而我的两个伙伴，由于没有经历我所遭受的一系列挫折，倒显得精力充沛，言语中也更为积极。我休息了片刻，又节省地吃了一小块面包、喝了点威士忌之后——在这种紧急关头，食物和水还是能省就省一点吧——我同意了他们的意见，我们就再试一次！像是为了使我们安心似的，附近的一只旅鸫唱起了欢快的歌，而且，我第一次在这个树林中听见了冬鹪鹩的声音，它也打开了自己的八音盒，从中流淌出源源不断的、优美而奔放的旋律。毋庸置疑地，这种鸟是最优秀的演唱者之一。若它可以像金丝雀那样在笼中健康成长、热情歌唱，不知道它会赛过金丝雀多少倍！它既兼备金丝雀的活泼和多才多艺，而且歌声又不像后者那般尖锐刺耳，宛如一道缠绵的旋律小瀑布。

我们又再次折回，就像古希腊神话中一次次滚着石头的西西弗斯一般，重新开始上山，这次我们下定决心要找到那排做了标记的树。最终终于找到了，在向右探测一番之后，我们认为还得再往左一点儿。沿着这条路越过一个缓坡，走了不到二十分钟，我们就到了我之前找到湖时经过的树林。我先前犯的错误这才真相大白：下山的时候我们多向右偏了一些，走到了山脊的另一侧，后来我们才知道那个地方叫桤木溪山谷。

纠正错误后，我们加快速度，没过多久，我便再次透过树隙看见了那片酷似天际的蓝光。当我们到达湖边时，一只孤独的土拨鼠正蹲坐在距离水面只有几英尺远的一棵大树树根处，这还是我们进入这片森林后见到的第一只野生动物。对于岸边突然出现的意料之外的危险，这只小家伙显然不知所措。所有的退路都被切断，它的脸上却露出一副对未知命运无所畏惧的神情。我像野人一般宰杀了它，自然也是出于同野人一样的动机——我想吃它的肉。

午后三时的阳光细碎地洒在湖面上，微风习习，吹起朵朵小浪花拍打湖岸。一群牛正在湖对岸吃草，领头牛的牛铃声飘过水面，在这片寂静的荒野中听起来似一首野性的旋律。

钓鳟鱼当然是第一要紧的事。我们在岸边发现了一只停泊于此的简陋木筏，两个人坐上去后吃水约一英尺深，于是我们便划着它泛舟于托马斯湖，开始第一次尝试。可是鳟鱼根本不跳出水面，坦白地说，在水面停留了那么久，我们钓上来的鱼都没超过一打半。而在一星期前，有一伙三人来这里钓鳟鱼，仅用了几小时便满载而归，多到送给他们的邻居吃都吃腻了。但不知道由于什么原因，湖里的鱼现在压根不跃出水面或触碰任何鱼饵，不得已，我们只好去钓太阳鱼，这种鱼虽然小，但数量众多，而且多沿岸分布。我们挑选了一块如餐盘大的地方，将水中的沉积物和腐烂的植物清理干净，露出卵石密布的底部，清爽明亮，有一两条鱼在湖中心游荡，负责警戒四周：一旦有入侵者靠近，它们便凶狠地冲上去。这种鱼有一种矮脚斗鸡的气势，身上长有尖利的鱼鳍和体刺，两侧布满鱼鳞，在与其他鱼类近身搏斗时它一定是一个面目狰狞的危险分子。对于一个饥饿的人而言，它们看起来就像干瘪的铁杉树条，不堪造就，因为又没有肉而且刺又多；但我们那天发现，它们的肉其实非常鲜美。

吃饱饭后我重燃斗志，趁着夕阳残照，去湖的出水口探查一番，看看能否在那里钓到鳟鱼，而我的两个伙伴则继续留在湖上碰运气。和常见的此类水域一样，托马斯湖的出水口十分平缓而隐秘。湖口的溪流宽约六到八英尺，寂静平缓地流淌了三四杆的距离后，像是突然意识到自己可以自由选择般，陡然从岩石上纵身跃下。从那里起，就我沿溪而行的一段路程里落差很大，溪水急速冲下，经历了像下山台阶似的一连串的下落。这条小溪看上去像有很多鳟鱼，可事实上并不是，但当我返回营地时，手上还是提了数量相当可观的鳟鱼。

太阳将落时，我四处走走，又绕去了出水口勘察，发现这里的溪流和平常的一样，悠然地在湿地间穿行。这里的水温比出水口处要凉得多，鳟鱼数量也更多。我正小心谨慎地趟过沼泽、穿过茂密的灌木丛，一只披肩榛鸡跳上我前方几步之遥的一根倒地的树枝，摇摆着尾巴，作势要飞走。但我那时既没带枪又纹丝不动地站着，没过多久，它便从树枝上跳了下来走开了。

作为一个爱到处寻鸟的人，我对于那些新的鸟类可谓十分敏感。刚进沼泽地，我就被一种明亮活泼的歌声或称之为鸣啭吸引了注意。它从我头顶上方的树枝传来，对我而言这是种全新的声音，尽管其曲调中的某些东西暗示这种鸟应与橙顶灶莺以及黄眉灶莺属同一科。那声音洪亮有力，像金丝雀的叫声，却十分短促。这只鸟在高处的树荫里藏得很好，我花了很长一段时间都没有找到它。我在树下来来回回走了好几次，当我靠近小溪的一条小弯道时，它似乎就在那时开始歌唱，我走过那里之后它便禁了声；毋庸置疑，它的巢就在附近。在我又逗留了一阵后，终于发现了这只鸟儿，并将其击落。原来是一只黄眉灶莺，于我而言这是一只新伙伴。在体形方面，它明显要比奥杜邦所描述的白眉灶莺小得多，但在其他方面，大部分鸟的面貌特征还是与之相同的。这对我来说是一件极大的乐事，我再一次觉得自己还是很幸运的。

老一辈的鸟类学家对这种鸟所知甚少，而新一辈也只是草草地描述。它通

冠蓝鸦
blue jay

常选择在地面或者在一根朽木的边缘下方筑一个铺满苔藓的巢。一位笔友写信告诉我说他曾于繁殖季在宾夕法尼亚州的大山里见过这种鸟。白眉灶莺是一位难以超越的顶尖歌者，不过眼前的这一位歌声也还算明亮欢欣。我看见的这一只，生活习性与其家族成员不甚相同，它像莺鸟一般栖在树冠里，而且看起来似乎正忙着捉虫。

湖泊源头处的鸟类种类众多，因此异常的热闹；旅鸫、冠蓝鸦和啄木鸟都唱起了亲切的歌曲欢迎我的到来。冠蓝鸦在我头顶上方不远处发现了一只猫头鹰或是某种凶猛的动物，根据它们遭遇此情形时的习惯，它们用极高亢的声音发出警告，叫声一直持续到林下黑幕四起。

在这里，如同当天途经的其他两三处地方一样，我也听到了某种啄木鸟啄击又硬又干的树枝时发出的奇特而响亮的敲击声。那不像是我之前听到过的任何一种声音，在寂静的森林里时断时续地回响着，特色十分鲜明。其独特之处在于敲击节奏的井然有序，听起来就像是事先排练好的一样。先是三声紧凑而急促的敲击声，再是更为响亮的两声，中间间隔也更长。无论是我在这里听到的声音，还是第二天黄昏在枯溪的源头弗洛湖边听到的，都是如此的有序，节奏没有丝毫变化。敲击声里有一种暗藏的旋律，仿佛一只啄木鸟知道如何从一根平滑干燥的树枝中唤起旋律。它显示出的令人愉悦的特征，和最快活的鸟鸣一样，但其中又包含更多的野性和森林的气息。因为这些林子里数量最多的啄木鸟是黄腹吸汁啄木鸟，我暂且认为那声音出自他们。至今为止，只要我的脑中一想到那里的景象，耳畔便不由自主地响起这种声音。

日落时分，湖畔的各处森林中都传来披肩榛鸡鼓翼的声音。我能同时听见五只披肩榛鸡发出的声响：吵噗，吵噗，吵噗，吵噗，嘶啇—啇—啇—啇—啇啇。那是一种亲切愉悦的声响。我在黄昏时返回营地，沿着湖的岸边听见青蛙也在大声合唱。成蛙扯着嗓门，用力地互相对着歌，据我所知，没有别的动物可以像青蛙这样，发出与体形完全不成正比例的如此具有爆发力的声音，有些蛙鸣听上去和一头两岁公牛发出的怒吼差不多。它们的体形庞大，数量众多。显然，

虹鳟
rainbow trout

还尚未有食蛙者来过此地。我们将岸边一棵枝干旁逸斜出到湖面上方的树砍倒之后，一大群青蛙便很快聚集在树干及枝干上，在半浸于水中的树冠里嬉戏跳跃，溅起水花点点，简直就像一群孩童在吵闹一般。

天黑之后，我正在煎鱼，一不小心将一盘最大的鳟鱼打翻，鱼统统掉入了火堆中。我们悔恨至极，因为这一不幸事故给我们的粮食补给带来了难以弥补的损失；不过想到灰烬之中也许还有些尚能下咽的部分，于是我们便从炭火堆里将烤焦了一般的鱼拨弄出来，享用了它们，其实味道还不赖。

那天晚上，我们就在一处灌木堆上过了夜，睡得还挺香。在嫩绿柔软的山毛榉树枝上铺上野牛皮的毯子，舒服程度不亚于一床毛茸茸的床垫。下午篝火的热气和烟雾早已驱走了这附近所有的“看不见的敌人”；当第二天我们醒来时，早已日上山头。

我立刻动身再次前往入水口，溯溪而上走到其源头处，功夫不负苦心人，我捕到一大串鳟鱼，早餐吃了个饱。系着铃铛的牛群在山谷的入口处游荡，想必它们昨晚就睡在那儿。牛群中大多是些两岁左右的小公牛，它们朝我走来，向我摇着尾巴讨要盐巴，纠缠不休，这可吓坏了我的鱼。

当天早上，我们吃完了所有的面包，也吃完了所有捕到的鳟鱼，十点左右，我们准备离开托马斯湖。天气十分宜人，湖泊如宝石般熠熠生辉，我真想在这里待上一个礼拜，但食物的供给的确是一个严峻的问题，返程刻不容缓。

回程途中，当我们走到前天那排做了标记的树处时，问题来了：是相信我们自己继续沿着这条路走，还是按我们自己的路线往山顶的小溪和那面石壁走，进而回到当初向导将我们丢下处的那块岩石边？最终我们决定还是沿着这条路走。在行进了约四十五分钟后，那排有记号的树到了尽头，我们推断这里离当初我们和向导分手的地方应该不远了。于是便生起了火堆，放下我们的行囊，四下探查，寻找些能确定我们当下准确位置的线索。可如此这般地搜寻了近一小时，仍然一无所获。我偶遇一窝小披肩榛鸡，它们暂时转移了我的注意力。雌鸟叽叽喳喳地向我咆哮，似乎想将我的注意力转移到它身上，好让它那群还没学会飞行的宝宝们躲藏起来。雌鸟如同一只十分痛苦的狗一般呜呜地哀鸣后，装作身体极其不方便般不情愿地磨蹭着。可当我追逐它，它便非常敏捷地跑开了，一瞬间就飞到几码外的远处。然后我继续追，它便飞得越来越远，最终完全飞了起来，嗡嗡地穿过森林，好像它对此间一切都不感兴趣。我掉头往回走，捉住了一只蹲在树叶边的雏鸟，我轻轻提起，将它放到手心里观察。它紧紧地抓住我的手掌，仿佛还站在地面上一样。随即，我将它装进我的外套袖子里，它便立刻钻进我的腋窝下，依偎在那里。

当我们在炊烟升起的地方重聚之后，对于哪条路最为可行又产生了新的分歧。毋庸置疑，我们一定可以走出这片林子，不过我们希望尽快出去，同时尽可能地离当初我们进入这片林子的入口处稍微近一些。最终，带着对自身胆怯及优柔寡断的耻辱感，我们又原路返回到那排标了记号的树交叉的地方，循着我们来时的路回到山顶上的那条小溪边。在这里前前后后仔细搜寻了一番后，发现我们自己又回到了两小时前离开的那个地方。一番讨论后我们的意见再次出现了分歧。但我们一定得做些什么。现在已是下午三点，在没有食物和饮用水的情况下，在这座山里再度过一夜可不是什么好主意。于是我们从山脊上爬下去，在这里又发现了另一排标了记号的树，这条路和我们走的那条刚好形成一个钝角。它向山脊顶端延伸而去，大约一英里长，然后彻底从视线中消失，我们又一次一头雾水地走丢了。后来我的一位同伴恼了，赌咒发誓要走出这片树林，于是不管不顾地朝右拐去，很快便翻过了山。虽然我们剩下的两个人都跟在他后面，但其实我们都更愿意先停下来，观察一番，再好好研究一下，看看能不能弄明白究竟从哪里出去比较快。不过还好，我们这位无畏的领头者所采取的解决问题的办法是正确的。向下走，再向下走，我们始终未停，好像要走到地壳深处一般。这段路是迄今我们走过的最陡的下坡，但我们的心中却都升起一种阴暗的满足感，也许是知道这次无论如何都无法回头了，那倒不如随它去吧。我们在一块岩石壁架边停下稍作休整，而这时偶然透过树木看到远处的一片开垦地，依稀可以看见一座房子或是谷仓。这让我们备受鼓舞，但我们还不能分清那到底是河狸基尔还是磨坊溪，或者是枯溪，而我们也并没有逗留太久去考虑这个问题。最终，我们下到一座深谷的底部，一条湍急的小溪流经这里，里面满满当当全是鳟鱼。不过我们现在可没有心情钓鱼，只是沿着溪水继续前行，有时从一块石头跳到另一块，有时索性不管不顾地涉水而行，边走

美洲河狸
North American beaver

边思考可以从哪里出去。我的同伴认为我们在河狸基尔，但从太阳的位置判断，我觉得应该是在磨坊溪，在距我们的大部队约六英里的河流下游。因为我记得在沿溪而上的途中，曾见到过像这样的一条通往深山的幽深山谷。不久，两岸的地势逐渐变低，我们进入树林中。从这里，我们进入一条行迹不明的林间小道，它很快便领着我们走进了这片茂密铁杉林的中心。这里多为缓坡，我们好奇地想，为何伐木工和剥皮匠在经过这片上好的林子时会手下留情。出了这块地区后，森林中多为桦树和槭树。

此时，我们离居民区已经很近了，已经可以听见人的声音。再走一杆的距离，我们便走出了这片树林。过了好一会儿，我们才辨识出眼前的景象。乍见之下，每一样东西看起来都很陌生，不过很快这些景物就开始变形，回到了我们熟悉的面貌。我眼前似乎正上演着某种魔幻变景秀，这里不再是我初见时的那个陌生村庄，而是我们之前居住过两天的那家农舍；与此同时，谷仓里传来大部队的走动声。我们坐下来由衷地笑了，庆幸自己的好运。没想到我们在绝境中铤而走险的结局好过我们最大胆的期待，让最明智的计划也黯然失色。农舍的伙伴们也料想我们此时该回来了，晚餐很快便被端上了桌。

那时是下午五点，也就是说，我们在森林中待了整整四十八小时。但是，如果诚如哲学家所言，时间只是一种现象，而生命就如诗人所说的只在于感觉，那么现在的我们要比两天前入林的我们苍老了许多，即便称不上数年，也至少老了好几个月。但我们同样也更年轻了——尽管这听起来像是个悖论——因为林中的桦树已给我们注入了它的灵活与能量。

Chapter 7

东蓝鸲

东蓝鸲
eastern bluebird

当大自然在创造东蓝鸲之时，它希望抚慰天地双方，所以赐予东蓝鸲的背部以天空之彩，胸部以大地之色，并且大自然颁下谕旨：东蓝鸲于春天的现身预示着天地间的冲突与纷争就此结束。它是和平的使者，代表着天地握手言、化敌为友。它意味着春耕，意味着温暖。一方面，它带来了春季各种柔和缠绵的气息；另一方面，也宣告了冬季的终结。

第一次听到东蓝鸲的叫声，一定是在三月里某个晴朗的早晨，仿佛是上空的回暖气流找到了一种表达方式，往你的耳中轻吐了一个字，如此温柔、如此充满预见性，像是一份掺杂着些许感伤的希望。

“百慕大！百慕大！百慕大！”它好像在这么叫唤，似在祈求，也在悲鸣，还在观望。百慕大[1]随即紧紧跟上，尽管这位小小的朝圣者也许只是在重复其种族的传统，它本身来自佛罗里达、卡罗来纳，甚至弗吉尼亚，在那里的某些郁郁葱葱长满雪松和柿子树的广阔的向阳山坡，它已经发现了属于它自己的百慕大。

① 百慕大：即百慕大群岛，位于北大西洋西部，年平均气温 21℃。此处为作者对东蓝鸲叫声的拟音，同时暗示随着东蓝鸲的到来，如同百慕大地区般温和的春天也即将到来。

在纽约州和新英格兰地区，糖槭树通常从东蓝鸲到来的那天开始分泌汁液，紧接着，人们便开始采糖。那时，通常只能听到这种鸟缥缈的叫声，不见其形，而当这缕轻音在空气里飘荡了两三日后，它才会在你面前现身。雄鸟先行抵达，雌鸟则要稍微晚几天。当夫妻双双抵达后，它们便开始一起寻觅筑巢地点，此时采糖期已结束，最后一丝残雪也消融殆尽，犁铧在新翻的犁沟里磨得闪闪发亮。

东蓝鸲之所以备受关注，是因为它是活跃在我们北方风景中的第一抹亮彩。约在同一时间抵达这里的其他鸟类还有鸫鸟、旅鸫、灰胸长尾霸鹟，都是身披灰、棕、赤褐色这些中性色的鸟；唯独东蓝鸲不同，它的羽衣为三原色之一，且为其中最美的一色。

这种鸟有另外一个特征，像极了英格兰人记忆中的红胸知更鸟（robin redbreast），所以新英格兰地区的早期移民者就将它称为“blue robin”。

相比于英国的红胸知更鸟，它的体型要大了两倍，且尽管胸前的红色不是那么近似于橘红，但二者的举止习性都颇为相似。东蓝鸲的声音更加轻柔婉转，而英国的红胸知更鸟则更像一位经验十足的演唱家，因为它几乎整年都在英国的花园或老旧的灌木篱墙上歌唱，其鸣啭悠扬且生动，完全不是东蓝鸲可以相比的。人们通常将东蓝鸲和春天联系在一起，而这种英国的鸟可没这种联想，虽然东蓝鸲也是冬季的留鸟，但美洲新大陆更为明媚的阳光和天空，给予了它一身它那大西洋彼岸的表亲所不能比的华丽羽衣。

值得一提的是，在英国的这些鸟中，没有所谓的“蓝”鸟，蔚蓝色在那里的鸟类族群中似乎要比此处稀有得多。美洲大陆上至少有三种常见的蓝鸟，在我们这里的任何一片森林中都可以看见冠蓝鸦和靛彩鹀，后者尤其名副其实，它的蓝色可谓浓烈而纯粹。除了这两种鸟，还有斑翅蓝彩鹀，其蓝的纯粹度不比靛彩鹀低多少。因此，在我们这里的莺鸟中，蓝色还是极为常见的。

有趣的是，东蓝鸲并不是某一块区域的特有鸟类。即便你去了西部，也还是可以瞧见它那可爱的身影，只不过音色和羽色可能会稍有不同，但差异不大，能让你分辨出不同之处却又不会影响整体特性。

西蓝鸲被视为一个独特的种类，可能是因为较之于东蓝鸲它更为鲜艳华丽。纳托尔认为它的歌声更加多变、甜美且温柔。它的羽色近乎深蓝，但肩膀处披着一条栗红色的肩带——我猜想这一切变化都是由加利福尼亚地区那绝妙的空气与天空，以及广袤的西部平原带来的。若再往高处走，进入西部的山区，就能见到山蓝鸲了，蓝鸲胸前原本的红褐色变为蓝绿色，羽翼变得更长也更尖。

1 黄眉林莺
Townsend's warbler

2-3 山蓝鸲
mountain bluebird

4-5 西蓝鸲
western bluebird

除此之外，与我们这里所见的东蓝鸲再无太大差异。

东蓝鸲通常在树桩或残枝的树洞里筑巢，或是寻找一个由啄木鸟凿出的废旧树洞，直接搬进去。不过一开始，它们似乎总有一股冲动，想以更有品位的方式开始世间生活，因此，快活的东蓝鸲夫妇会在农场建筑物周围开启一场声势浩大的寻屋之旅，它们一会觉得鸽舍不错，一会又在叽叽喳喳地讨论燕子去年的那个旧巢，或是干脆拍打着翅膀宣布它们已经占领了鹪鹩的屋子，或是紫崖燕的居所。就这么一直折腾到自然变幻的脚步悄悄逼近，才打消了它们的一切美丽幻想，大部分鸟还是回到偏远的田野，在家族之前驻扎过的树桩或木节孔里安顿下来，然后立即投身工作。

在这种情况下，只要你能悄无声息地靠近鸟巢，并想办法堵住树洞的入口，就能轻而易举地捉住雌鸟。它眼见无望后，几乎不会尝试逃走，就那样待在巢中，直到感觉到身体被你的手捉住。我曾往树洞里瞧过，看到这可怜的小东西害怕得浑身发抖，瞪大了双眼向上看，却始终一动不动，直到我退后了几步，她才大叫一声冲了出来，雄鸟听见后匆忙赶到。它哀鸣着，似乞求般不停拍打着翅膀，却和大部分鸟类不同，它并未露出任何愤怒或斥责埋怨的神情。事实上，这种鸟似乎无法发出尖锐的叫声，也无法做出任何恶毒、急躁的事情。

选择在地面上筑巢的鸟儿都有一些诱使人远离其巢的伎俩或手段，它们会假装跛足、翅膀受伤或断背的样子，在遭人追捕时，营造出一种可以被轻易捉住的假象。而选择在树上筑巢的鸟儿，其巢的安全依靠树枝的掩藏，或干脆将巢筑在人够不到的地方。但这两种本领，东蓝鸲一项也没有，因此它的巢总能被轻而易举地找到。

抱窝的东蓝鸲或直接说它们的巢所面临的威胁，几乎全都来自于蛇和松树。我听说有一个农家少年，总喜欢对东蓝鸲的巢下手，无论何时经过它们的巢，都会用我上述的方法将成鸟抓出。一天他又将手伸进了鸟巢，却感觉到有什么不对劲的地方，猛然将手抽出，随即，一条巨大的黑蛇的头部从洞里伸了出来。男孩拔腿就跑，黑蛇穷追不舍，步步紧逼，危难之际，附近的一位农夫用其手上的牛鞭将他救下。

雄性东蓝鸲是这个世上最欢乐、也最专情的丈夫。但几乎在所有我们熟悉的鸟类中，生活的重担似乎绝大部分都落在了雌鸟的身上。雄鸟欢腾外向，雌鸟严谨负责。雄鸟作为雌鸟的随从，无论它去哪儿，都形影不离地跟着；从不领头，也从不指路，只是紧紧跟着它，为它喝彩。如果说雄鸟的一生充满诗意与浪漫，那么雌鸟的一生则都是琐事与枯燥。它从不享乐，只知道履行职责，而她所谓的职责也只有看家、哺育幼鸟这一件事而已。它从不会对自己的丈夫显露出爱意，对雄鸟的陪伴也不会表现出任何欣喜。它视雄鸟为用处不大却必不可少的陪衬，因而对它颇为容忍。如果雄鸟不幸丧命，它就会很务实地去寻觅下一任伴侣，那种态度和你去找一个管道工或装玻璃工没什么两样。在大部分情况下，雄鸟在这种伴侣关系中只是一位荣誉合伙人，对整体的运营几乎没起任何作用。但在像啄木鸟、鹪鹩和燕子这些鸟的伴侣关系中，两性地位似乎更加平等一些，而在刺歌雀家族间，这种差异或许最为突出：刺歌雀以一种阿拉伯式的风格进行求爱，雌鸟全力逃跑，而雄鸟则同样全力追赶；若不是看到那一窝刚孵出的雏鸟，你难以相信它们的交合究竟产生了什么亲密结果。

对东蓝鸲而言，雄鸟除了貌美如花外，还是有其自己的作用。雄鸟是一位欢乐的拥护者，时时刻刻守在雌鸟身边；在雌鸟孵蛋时，它负责定时给它的妻子喂食。观察它们筑巢是一件很有意思的事情。雄鸟十分积极地搜寻筑巢地点，在纸盒和树洞里来回勘察，但在这件事情上它似乎并没有选择权，只不过是急切地想取悦、鼓励它的伴侣；雌鸟才是真正的行家，它知道哪里合适、哪里不合适。一旦它选定了合适的巢址，雄鸟便不遗余力地大加赞美，然后夫妻双双飞走，寻找筑巢所需的材料。雄鸟像一名守卫，飞在雌鸟上方靠前些的位置。雌鸟独自搬运所有的筑巢用料，并且一力承担所有的筑巢工作，而雄鸟只需在一旁看着，跳跳舞唱唱歌以示鼓励。另外，它还扮演着鸟巢监工这一角色，但我觉得它恐怕颇为偏袒。雌鸟衔着干草或是麦秆飞进巢内，按自己的喜好布置一番后，就飞出巢等在一旁，让雄鸟进去查看。雄鸟出来之后毫不掩饰地夸赞道："太棒了！太棒了！"然后便再次双双飞离，寻找更多的筑巢材料。

若是一对东蓝鸲选择在农场建筑物周围筑巢，那么一定会时常和燕子发生冲突。在过去的上个季节里，我就曾见到过一对东蓝鸲通过暴力方式强行占据一对燕子的巢屋——那是一对美洲燕，现如今它们已把巢筑在了谷仓檐下。东蓝鸲夫妇原本住在附近的一间小鸟舍里，闲逸的生活却被老鼠或某只鼬鼠打破，无疑使之心情欠佳，随着季节的推移，它们便强行闯入了邻居的土坯房，占据了数天，但我相信它们终是会离开的，因为它们无法忍受生活在这样一个叽喳不休的环境中。我听说这些燕子，当遭灰胸长尾霸鹟以同样方式驱赶出自己的家园后，会趁敌在巢中放松戒备之时，将巢的入口砌死，以这种方式复仇，这一行为的彻底性及残忍性简直堪比人类历史上的任意一次恶行。

东蓝鸲和莺鹪鹩间的冲突更加频繁。几年前，我曾在家中花园的尽头处放了一间小鸟舍供莺鹪鹩居住，此后每一季都会有一对莺鹪鹩在那里安家。后来有一年春天，一对东蓝鸲发现了它，仔细查看一番又在附近流连了好几日，让我几乎确信它们已经打算将那里据为己有了。不过它们最后却飞走了，没过多久，莺鹪鹩夫妇便出现了，在一番卿卿我我之后，照旧将巢安在了老地方，快活无比，那种幸福想必也只有莺鹪鹩可以感受到。

我们的一位年轻诗人迈伦·本顿[①]，曾这样描述一只小鸟：

被一阵如旋风般的狂喜扰乱了心绪。

我猜他看见的一定是莺鹪鹩无疑，因为就我所知，除了莺鹪鹩，

① 迈伦·本顿（Myron Benton，1834—1902），美国园艺家、乡土诗人，于1862年与作者相识。被称为"韦部塔克的诗人"，著有诗集《韦部塔克之歌》（*Songs of the Webutuck*）。

没有其他哪种鸟儿会像这个小浪子一样因音乐而悸动不已。而我刚刚提及的那一对似乎格外兴奋，雄鸟的嗉囊中藏了许多首曲子，等待如龙卷风般的爆发，这也使得雄鸟一整天都“忧心忡忡”。可是没等它们的蜜月结束，那对东蓝鸲便回来了。今晨还未起床之时，我便察觉到有什么不对劲。窗外原本喧闹而欢快的叽喳声不见了，取而代之的是莺鷦鹩应接不暇的谩骂和叫喊。我出了门，发现东蓝鸲正霸占着那个盒子。可怜的莺鷦鹩绝望极了，它们以其特有的方式绞着双翅，撕扯着羽毛，捶胸顿足，但最主要地还是怒气冲冲地向入侵者传达着它们的厌恶和愤慨。我毫不怀疑，如果能将它们的鸟语翻译成人话，那肯定是世上最流利且最下流的脏话。因为莺鷦鹩本就粗鲁，在我所知道的鸟儿中，没有一种的口舌能与其相比。

东蓝鸲夫妇一言不发，只是雄鸟直直地盯着莺鷦鹩先生，当它靠得太近时，便立即起身驱逐，逼得它躲到篱笆、垃圾堆或什么其他物件的下方。莺鷦鹩在那里继续叫嚣谩骂、喋喋不休，而追逐者只是坐在篱笆上或豌豆丛中，等待着对手再次现身。

日子一天天过去，篡位者的家庭日渐兴旺，而被驱逐的莺鷦鹩凄惨可悲。但后者并没有放弃，依然在附近流连、观察，并辱骂它的仇家。毋庸置疑，它心里一定还期望着有朝一日事情出现转机。如它们所愿，这一天终于到了，愤怒的莺鷦鹩终于大仇得报。当时，雌东蓝鸲已经产完蛋，开始抱窝孵蛋，可在某一天，它的伴侣正端坐在它上方的谷仓上，经过的一个男孩拿着一个缺德的弹弓，用一粒卵石啪地将它击落。它跌落在草地中，宛如一小块陨落的天空。失去丈夫的雌鸟似乎明白了刚刚发生的一切，并未做太多纠缠，就于第二天离开鸟舍，寻找下一任配偶了。至于它是如何在没有公布于众的情况下设法获得它想要的结果，我不得而知，但我猜想鸟类应该有一套推销自己、达成心愿的方式。也许它足够好运，仅靠运气便可以钓上一只流浪的单身汉或是丧偶的鳏夫，愿意安慰它这个丧夫仅一天的雌鸟。顺便说一下，鸟类中没有哪个会自愿选择单身，它们都曾被一些求婚者拒绝，而不交配的鸟儿是完全不存在的，没有嫁不出去的雌鸟。有情人终成眷属，雌鸟甚至还有不少备胎。

雄鸟叫声洪亮，羽衣艳丽，在迁徙过程中又担任先锋一职，导致它更容易暴露，因此其自然数量似乎总是稍多一些，以防供不应求。但这样就会导致有时一些雄鸟不得已沦为单身汉，因为没有足够数量的雌鸟和它们配对；但在这一季结束前，现有的配偶关系中一定会因各种原因出现一些空缺，这时候它们就可以应召填空。

在雌东蓝鸲意外丧夫的同时，一旁的莺鹪鹩一家却兴奋得忘乎所以，甚至欢快地叫了出来。如果说雄鸟之前"被一阵如旋风般的狂喜扰乱了心绪"，那么它现在简直面临被狂喜撕碎的危险了。它憋足了劲放声高歌，以莺鹪鹩史上前所未有的方式欢唱。雌莺鹪鹩也是一样，咯咯咯地笑着飞来飞去！它们夫妻多么忙碌啊！飞速冲进巢中，没用一分钟便将东蓝鸲的蛋全部扔到了巢外，从这一刻开始，这里便又是莺鹪鹩的地盘了。它们搬来了新材料，三天后就重新住进了它们的老房子。可就在第三天，情况又发生了戏剧性的急速转变——雌东蓝鸲又带着一位新丈夫回来了。噢！莺鹪鹩夫妇的激动之情一下子土崩瓦解！它们那小小的胸腔中该包含了怎样的惊愕和绝望啊！真是可怜！这一次，它们不再像上次那样谩骂不休，因为它们已经悲伤得说不出话来，一两天后，它们便离开这个令人伤心的花园，彻底放弃了这场斗争。

而这边，东蓝鸲发现自己的蛋不翼而飞，而且自家的巢也被人改动，似乎突然间警惕心大起，不断想避开盒子。另外，它发现自己不像之前所预料的那样迫切地需要一名新丈夫，开始懊悔自己的草率，因此想解除婚约。可幸福的新郎显然不解其意，还费尽口舌地想要安慰它，想打消它的疑虑。它是如此的年轻且宠爱着这只雌鸟，我敢肯定，在这只刚刚丧偶的雌鸟找到它之时，它当季的羽衣还未长全。它觉得那个盒子就是个盒子而已，完全不需要如此防备，还一连数天试图劝说雌鸟回来。眼瞧着当不成继父了，不过它倒是十分乐意和雌鸟的关系更进一步。它在盒子上方不断盘旋，飞进飞出，它呼唤着，鸣啭着，恳求着。雌鸟偶尔回应一声，过来一下，然后落在附近，有时甚至会往巢内瞄两眼，但就是不进去，并且很快就会再次飞走。雌鸟的小丈夫会不情愿地随她而去，但很快又会回来，唱着最自信且最愉悦的调子。如果雌鸟不来，它便栖在盒子上方，一遍遍发出最响亮的叫声，眼看着妻子飞离时的方向，尽其所能地呼唤着它。不过，雌鸟回应的次数越来越少。有好几天，我只看见雄鸟在那儿，但最终它还是放弃了；东蓝鸲夫妇双双飞走，那个盒子在余下的夏日里一直空荡荡的。

Chapter 8
自然的邀请

林鸳鸯
wood duck

多年前的一个星期天，少年时的我和我的兄弟们在林间闲逛，边走边捡些甜桦、冬青之类的植物。后来，当我们躺在地上，不经意间抬起头看这些树时，我看见一只鸟，就在我头顶上方的一根树枝上停留了几秒，我之前可从未见过它的模样或听过它的声音。这只鸟很可能是北森莺，后来我发现在这些树林中这种鸟似乎算是颇为常见的；然而在我年少时的幻想中，它就宛如某种仙鸟，无比鲜艳夺目，且新奇意外。树枝摇曳、叶影斑驳的瞬间，我透过缝隙看到了它羽翼上的白色斑点，然后它就飞走了。从那之后，它便在我的心头盘桓良久！如同一道天启，它的存在让我第一次意识到，在我们如此熟悉的这些树林中尚存着我们根本一无所知的鸟。话说回来，我们的眼睛和耳朵有那么迟钝呆滞吗？在树林中或其边缘地带，有旅鸫、冠蓝鸦、东蓝鸲、金翅雀、雪松太平鸟、灰嘲鸫、棕顶雀鹀、啄木鸟、北扑翅鴷、一种罕见的主红雀以及一些其他种类的鸟，但任谁做梦也想不到，除这些外，还有甚至连猎人也没见过，无人知晓其名的其他鸟类。

很多年后，我于一个夏日带着枪重新走进了这片林子，怀揣着与当年截然不同的心思，或许早已不复那时的简单纯真，可我童年时的幻想果然成真。事实上，这里还生活着其他大量的鸟类，它们在我们熟悉的树间歌唱、筑巢、繁衍，我们很可能曾经过那些树，却没有听到或见到它们。

这里充满惊喜，等待着每一位鸟类学学生去探索与发现，而其带来的兴奋喜悦，以及随之而来的新奇感及热烈的求知欲，是其他任何追求都很难激起的。在鸟类学领域迈出第一步，采集到一个新的鸟类标本，你便获得了整趟旅程的入场券。它有一种让人无法抵挡的魅力，因为其可以与任何其他活动完美融合——包括钓鱼、打猎、耕种、散步及野营——能够与一切将人带入田野及森林中的活动共存。当你采黑莓时，很可能就有一些稀奇的发现，或是赶牛吃草时，听见一支新鲜的歌曲，从而获得某种新发现。到处都藏着秘密，每一片灌木丛中都有新鲜事，时时刻刻都怀揣着期待。之前从未在人前展示过的景象，可能下一秒就出现在你的眼前。森林呈现出一种全新的趣味！你是多么渴望去探索林中的每一处角落！即便迷失其中，也能获得诸多安慰。比如听见夜莺及猫头鹰的叫声，或是在漫无目的的闲逛中，偶遇某种未知的鸟类。

在所有前往森林或海边的远足中，鸟类学的学生总比他的伙伴们有更明显的优势，因为他们有多一种资源，多一种获取快乐的途径。事实上，他是一石二鸟，有时候甚至一石三鸟。其他人可能在林间迷惘徘徊，他却从不会迷失方向，因为对他而言处处是乐园。牛群的哞哞声让他感觉自在，而一声新奇的曲调或一首新鲜的歌更会吸引他所有的注意力。奥杜邦在拉布拉多半岛的荒凉海岸边快活得赛过神仙；而后来在甲板上看见一只从未见过的海鸥时，那股兴奋劲几乎治好了让他痛苦万分的晕船症。

一个人只有亲身体验自然，才能体会或欣赏到其中的滋味。旁观者无法理解激起这份热情的缘由。只不过是几根羽毛和一两声半成曲调状的鸟鸣，何必如此费心劳神？当威尔逊为他伟大的研究，向东部的一位州长请求资助时，那位州长半带轻蔑地反问道："谁会为了认识那些鸟拿出一百二十美金呢？"的确，花钱买来的知识，无论价格高低，都嫌昂贵，而最宝贵的东西是无价的。尊敬的阁下，我们请您购买的不仅仅只是关于鸟类的知识，还是对田野和森林的全新兴趣，一种品德与才干的全新补药，一把打开自然宝藏之屋的全新钥匙。

尊敬的阁下，请想一想你将从中得到的其他诸多馈赠——空气、阳光、沁人心脾的芬芳与清凉，以及从一团糟的政治生活中解脱后的心情舒畅。

昨天阳光明媚、气候温暖，十月里少有这样的日子。而我几乎一整天都待在岩溪畔的那处荒无人烟而植被茂盛的峡谷中。岸边有一棵柿子树，好些柿子掉入了溪水中。我正站在齐膝深的水中捡柿子，这时一只林鸳鸯从溪流上游飞来，刚好从我的头顶上空经过。不一会儿，它又再次折回，向上游飞去；然后再次折回，低低地掠过一个弯道处，准备在一处我看不见的平静而幽暗的水域降落。约半小时后，当我经过它藏身的那个地方，林鸳鸯陡然飞起，发出惊恐万分的尖叫声。一片寂静中，我可以听见它起飞时羽翼的呼啸声及溅起的水花声。我还在附近一处见到了浣熊来水边寻找新鲜蛤蜊的痕迹，泥土和沙地里留下了它又长又尖的爪印。尚未走出这片隐秘的水域，就看见一对神秘的灰颊夜鸫从地面飞起，落在一根矮枝上。

谁又能说清楚，这只林鸳鸯、这些留在沙地上的足迹，以及这些来自遥远北方的奇异鸫鸟，究竟给这片秋日森林增添了多少趣味与魅力呢？

仅从书本上获取鸟类学的知识是不尽如人意的，从自然中学习才能获得真正的满足感。你必须和鸟有最原始的亲身接触，书本只是给你指明方向的向导，是一纸邀约。即使没有其他的新品种待人发现，任何一位拥有健康和热情的年轻人都将以全新的视角观察这个领域，都有资格体会到新奇发现所带来的兴奋及喜悦。

但与此同时，我又要强调，书本是无论如何也不能舍弃的。一本威尔逊或奥杜邦的书籍堪称无价，可用作参考或对照笔记。除此之外，去一些大型博物馆或收藏馆也将大有帮助。起初，你会发现根据文字描述去辨识一种鸟是一件很难的事情，那么这个时候去参照一幅彩色插图或填充标本，这一问题便会迎刃而解。这便是书本的主要价值，它们就像海上航行的航海图，路线被清楚地标出，从而可以省下更多的时间和精力。首先，找到你想要研究的鸟，观察其行为、歌声、鸣叫、飞翔姿态以及栖息地，然后将其猎杀（而不是仅仅透过望远镜看），与奥杜邦对其的描述进行比较。用这样的方法，你很快就可以攻克鸟类王国。

按照目、科、属、种，鸟类学家将鸟类划分后再逐一细分，初看之下，很容易让读者困惑气馁。但任何对鸟类学感兴趣的人，只需要记住其中的一些大致分类，再对其进行逐一的特征观察，便可以辨识出绝大部分的鸣禽。迄今为止，我们的绝大部分陆禽都属于莺鸟、绿鹃、霸鹟、鸫鸟或燕雀。

莺鸟或许是最引人困惑的一种。它们算是纯种林莺，真正的林禽。它们小巧而活力十足，但声音十分轻柔，若想找到它，需要花一番工夫。在林间行进时，许多人会从头顶上方的树丛中听见隐隐约约、似歌而又非歌的鸟鸣，而多数情况下，这种声音都来源于莺鸟。在美国中部及东部的各州，几乎可以在任意一个地方找到六七种甚至更多种类的莺鸟，比如橙尾鸲莺、黄喉地莺、金翅雀（不是那种头冠、羽翼和尾巴都呈黑色的普通金翅雀）、黑枕威森莺、黑白森莺等；根据当地树林的地形和特点，或许还有其他种类。也许在松树林或铁杉林中，某一种鸟数量繁多、占据榜首，可到了槭树林或栎树林，或是到了某些山区，便又是另一种鸟称王称霸了。将地莺再进一步细分，最常见的当属黄喉地莺、黄腹地莺和黑胸地莺了。人们通常可以在地面或近地面的一些低矮潮湿、半开阔的密林中发现他们的踪迹。现如今，黄林莺，已根本不算林禽了，人们可以在果园、公园、溪边以及任意城市村庄的树林间发现他的身影。

越往北走，莺的种类就越多，最后我们抵达了新英格兰北部及加拿大省[①]，六月里至少有十到十二种莺鸟在那儿繁衍后代。奥杜邦曾发现白颊林莺在拉布拉多地区繁育后代，骄傲地成了第一个找到其巢屋的白种人。当这种鸟于五月北飞时，它们通常孤身而行，或是

① 1791 年，英国将其所管辖的加拿大殖民地分成上加拿大和下加拿大。1841 年《联合法案》实施，二者合并成加拿大省。1867 年，加拿大邦联将加拿大省按照以前的边界重新划分为安大略省和魁北克省。

成双成对，此时，其黑色的头冠及带有条纹的羽衣十分醒目。到了九月南归时，它们则成群结队，或是松散的三三两两，而这时的它们已经换上了土褐色或杂色的外衣，且体态臃肿。它们在树冠处搜寻了几日，但由于其行动格外敏捷迅速，人眼几乎无法捕捉，所以在不经意间，它们便已飞走了。

根据我的观察，生活在中部地区的人们，在秋天莺鸟南归时见到的种类，要远远少于在春天北飞时的种类。

秋天里最引人注目的鸟当属黄腰白喉林莺。它们在街道和花园附近流连，而且似乎格外中意那些叶子掉光了的枯树。它们不怀好意地跳来跳去，尖利地叫着。在华盛顿时，我整个冬季都能在郊外发现它们的身影。

黄腰白喉林莺
myrtle warbler

奥杜邦发现并且描述了四十多种不同的莺鸟，而近些年来的作家又将它们进行了进一步的细分，赋予新的种类以新的名称。不过这一部分只对鸟类学家才有价值，也只有他们才对这些感兴趣。

在我看来，莺鸟中最出色的歌手当属黑喉绿林莺。它的歌声甜美清晰，却总是很短。

莺鸟中最罕见的几种包括：白眉食虫莺，据说已经濒临绝迹；蓝林莺，据说在尼亚加拉一带数量繁多；以及黑胸地莺，我曾在纽约州的特拉华河源头地区见过这种鸟，它们在那儿繁衍后代。

白眉食虫莺
Swainson's warbler

绿鹃，亦称莺雀，可以算莺鸟和纯种霸鹟间的纽带，其身上兼备二者的特征。

红眼莺雀或许是所有莺鸟中最引人注目、数量也最多的一种了，其甜美的独白是我们的林子及草丛中最持久、最欢愉的声音之一。相较于莺鸟，莺雀的体型稍大一些，羽色也没有莺鸟那般绚丽多变。

在我们这里的大部分树林中生活着五种莺雀，分别为红眼莺雀、白眼莺雀、歌莺雀、黄喉莺雀及蓝头莺雀。红眼莺雀和歌莺雀数量最多，而白眼莺雀的歌声则最欢快活泼。我只在低洼湿地处的那些浓密的灌木丛中见到过白眼莺雀，

白眼莺雀
white-eyed vireo

它避开了人们的视线躲在那里尽情欢唱，音色尖锐、音调高昂、音速飞快，委实令人诧异。它的歌声十分特别，尽管其中夹杂着其他几种鸟的曲调片段，但仍然是与众不同的。就如同红眼莺雀的虹膜是红色一般，白眼莺雀的虹膜呈白色，但无论是哪一种，你在两三码距离外都看不出来。在多数情况下，鸟类的虹膜为深褐色，但时常会被误认为黑色。

秋季树叶凋零后，藏在树林间低矮树枝上的篮状鸟巢便纷纷现身，这些巢多半是红眼莺雀的。尽管蓝头莺雀的巢与之十分相似，但它们通常会将巢建在更远、更偏僻的地方。

当发现有人接近它们的巢时，大多数鸟都会表现出极端的警戒和焦虑，通常还伴随着滔天的怒气；但在这种情况下，红眼莺雀所展现出的态度却是个例外。成鸟夫妇会在巢上方的树枝间悠然地徘徊，一脸好奇天真地看着入侵者，时不时发出一声低鸣或感叹，尽管它们看起来十分担心与警惕，但没有流露出丝毫的愤怒或焦虑。

和动物一样，鸟类也很少会被人发现在打盹儿。不过，我记得我曾在一个秋日遇见一只红眼莺雀，它显然对周遭发生的一切浑然不知。尽管已经发育完全，但它看起来还很年幼，正在石南丛生的荒地里的一根低枝上午睡。它的头安适地蜷在翅膀下面，这时候随便飞来一只鹰都可以很容易地将它擒获。我悄无声息地慢慢靠近它，在距它只有几英尺的地方停下来观察其呼吸，鸟类的呼吸频率可比人类快多了，同时也更为饱满。其肺活量超越其他任何一种生物，因此体温更高，血压也更高。我伸出手，小心地握住这只长着翅膀的沉睡者，突如其来的恐慌吓得它几乎无法动弹。不一会它便开始挣扎哀鸣，我刚松开手，它便飞快地冲了出去，躲藏进了附近的灌木丛中。我想怕是再也没有第二次机会像今天这样吓到它了。

相比于莺雀，霸鹟科鸟类更加庞大，特征也更为明显。它们并非完全的鸣禽，有些作家将它们归类为叫鸟。众所周知，其天性好斗，而且不仅仅与同类相斗，与邻居也是争吵不断。东王霸鹟大概可以看成是这类鸟中的典型。

东绿霸鹟最是讨人欢心，因其歌声婉转，用苔藓制成的巢也颇为精致。

灰胸长尾霸鹟是霸鹟中的先驱者，这种鸟通常在四月飞来，有时甚至三月就来了。它们熟门熟路地在房屋及建筑外屋附近溜达，常常将巢建在干草棚下或桥下。

霸鹟总是边飞行边捉虫，常常来一个突然的俯冲或是猛扑，还伴随着由喙发出的响亮咬断声。

无论是从体形或是羽色来看，这种鸟在我们的带羽邻居中都是最不优雅的。它们腿短、颈短、头大、喙又宽又扁，基部还长有坚硬的毛。当它们飞行时，翅膀也常常会表现出怪异的颤抖，而当它们停下来休息时，一些鸟的尾巴还会时不时晃动。

绿纹霸鹟
Acadian flycatcher

北美檫树
sassafras

据已有发现，美国共有十九种霸鹟。夏季里，在中部及东部地区，几乎不用花任何力气就可以找到其中五种，分别是东王霸鹟、灰胸长尾霸鹟、东绿霸鹟、大冠蝇霸鹟（因其尾巴上明显的赤褐色而有别于其他鸟类），以及小绿纹霸鹟。

鸫鸟的歌声是真正优美的旋律，给人带来的愉悦之感或许也非其他任何种类的鸟所能及。旅鸫就是我们最熟悉的鸫鸟。无论是何品种，鸫鸟在仪态、飞行姿势及体态上都大致相同。旅鸫是怎样在地面蹦跳、故作姿态、捕捉昆虫、盯着眼前某处或是正在观察它的人、猜疑地拍打着翅膀、径直飞回栖息处，或是在黄昏时分坐在某根高高的树枝上，一心唱着它甜美而真诚的歌，只要你看

稀树草鹀
Savannah sparrow

过这些，便可了解所有鸫鸟的特点。因其优雅的举止和动听的歌声，它们显得格外非凡。

除了旅鸫（无论如何也算不得林禽）外，在纽约州还可以见到棕林鸫、隐夜鸫、棕夜鸫、斯氏夜鸫，还有两种尚无明确名字的鸫鸟。

棕林鸫和隐夜鸫是歌者中的翘楚，至于二者谁更胜一筹这个问题，还尚未达成共识。

在雀形目鸟类中，奥杜邦详细描述了从鹀鸟到美洲雀的六十多种鸟，包括雪鹀、紫朱雀、暗眼灯草鹀和主红雀等。

在美国东部沿大西洋各州，有差不多十二种鹀鸟，但对业余观鸟者而言，能辨识出的估计连一半都不到。歌带鹀是连小孩子都可以认识的，每年数它来得最早，至少每年最先听到的鸟鸣出自它之口。在一个晴朗宁静的三月清晨，听见从花园的篱笆或附近的树篱中传来的一首简单旋律，还有什么会比这更让人觉得清爽舒畅？

田雀鹀的其体形比歌带鹀稍大一些，羽色也呈更浅的灰色，在我们这儿的高地田野和牧场里数量繁多，歌声也十分甜美。它通常在地面筑巢，不设任何的掩饰或防护，就那样在那里栖息。黄昏时穿过田野，我常常惊得它们从我的脚边飞起。若是在白天里受到这样的惊扰，它们通常会迅速地飞走，只给人们留下两根白色的尾羽。走在乡间小路上的旅人常常会打扰到它们，使它们无法将翅膀藏在松软干燥的土里，或只是看见它们在面前的篱笆上上跳下蹿、东躲西藏。它们时而跑到牲口前的犁沟里，时而栖在几杆外的一块石头上。它们尤其喜爱在日落后欢唱，因此一位近代作家威尔逊·弗拉格[1]给它们起名为“黄昏雀”，真可谓是当之无愧了。

在草甸及低矮的湿地区可以遇见稀树草鹀，借着它们如虫鸣般婉转的歌声便可很容易辨出，而在沼泽地带，自然可遇见沼泽带鹀。

① 威尔逊·弗拉格（Wilson Flagg，1805—1884），美国作家、博物学家。

狐色雀鹀是鹀鸟中体形最大，同时也是相貌最俊俏的一位，只有到秋季才会从北方的栖息地来到我们这里。树雀鹀（又称加拿大雀）、白冠带鹀和白喉带鹀也同样如此。

棕顶雀鹀是鹀鸟中体形最小的一种，我相信它也是雀鹀中唯一在树上筑巢的一种。

作为燕雀属的基本特征，所有燕雀的喙都是短而呈圆锥形的，尾巴也都或多或少呈分叉状。其中，无论从哪种音乐才能看，紫朱雀都是个中翘楚。

除了上述我匆忙概述的几种常见鸟类之外，还有其他许多种类，虽然它们的标本数量有限，却包括了一些我们十分熟悉的鸣禽。比如刺歌雀，实际上没有同属亲友。而与在南部各州闻名的纯种嘲鸫同属一支的鸟，在美国各州也不过两种，分别为灰嘲鸫和褐弯嘴嘲鸫。

鹪鹩是一种很有趣的鸟，作为著名歌者，它们以曲调的活泼欢快而广为人知。其中较常见的种类有莺鹪鹩、长嘴沼泽鹪鹩、卡罗苇鹪鹩以及冬鹪鹩。最后一种的名字有可能源于其繁殖地位于北方。它是一位超群绝伦的歌者，总是飞快地吐出音符，其中又伴随着甜美的森林气息和抑扬顿挫的旋律变化，宛如一阵突然响起的音乐闹铃。

威尔逊将戴菊称为鹪鹩，但戴菊除了在歌声上具有上述鸟类喷薄、奔放的特征外，与鹪鹩再无相似之处。布鲁尔博士曾在新不伦瑞克的森林里沉浸于这些小小的游吟诗人的歌声中，还以为自己听见的是白颊林莺的鸣啭。他似乎不愿意相信像戴菊这般娇小的鸟会具有如此强大的声音力量。事实上，那声音有可能是来自冬鹪鹩，但据我观察，我相信红冠戴菊也具有这样的表现力。

不过我现在必须就此打住，进入下一话题了。关于鸟类学的著作，奥杜邦的书虽然因其高昂的价格而让许多读者望而却步，不过它却是迄今最完整的、最准确的一本。他书中的插图在准确性及生动性上，超越任何作者，而他对事业的热情和奉献精神在科学史上也无人可比。书中描写野雁的那一章，优美程度堪比诗篇。因其真挚的热情和纯粹的目的，人们很容易就会忽略他略显冗长而做作的文体。

奥杜邦在识别鸟类上独具慧眼、无人可比，但就对鸟鸣声的敏锐度而言，确有比他更灵敏的耳朵。比如纳托尔，他对鸟类歌声及啁啾的描述更为细致贴切，也更可信赖。奥杜邦认为白眉灶莺的叫声同欧洲夜莺一样，因为这两种鸟的叫声他都听过，所以人们会认为他可以做出公正的评判。然而，毋庸置疑，他的判断存在厚此薄彼之嫌。与夜莺相比，白眉灶莺的歌声非常短促，而且音质更为欢快活泼；而夜莺的歌声，如果书本上的描述正确，是相当优美动听的。

长嘴沼泽鹪鹩
marsh wren

还有，奥杜邦说斑翅蓝彩鹀的歌声和刺歌雀的歌声类似，但其实这二者歌声的相似性就和它们的羽色一样相差甚大——一种是黑白，一种是蓝色。他认为白眉灶莺的声音里包含了“一小串的简单音符，开始强劲，随后逐渐渐弱”，而事实上，其叫声的渐变过程是完全相反的，音调是逐渐升高而非降低的，开头低沉而结尾尖锐。

然而，考虑到奥杜邦作品的研究范围之广，他只犯这么点错误还是极为难得的了。此时此刻，我所能想到的错误只有一处，那是经我亲身经历后证实的。在他关于刺歌雀的描写中曾提到一点，他说当刺歌雀秋天南归时不像其在春天北飞时那般在夜间飞行。不过在我还在华盛顿居住时，曾连续四年在秋天的夜晚听见它们在天空飞过的声音。奥杜邦将他的一生都奉献给了这一课题，他辨识并记录了超过四百种鸟，因此，当我们在普通的森林里发现了一只他未曾辨识和描述的鸟后会有一种巨大的成就感。我也只体验过两次这样的满足感。初秋的一天，我正漫步于西点军事要塞附近的一片森林中，一不小心惊起了一只原本坐在地面的鸫鸟，它飞起后落在几码外的一根树枝上。我细细观察后，发现它很是眼生，我以前肯定从未见过腿这么长的鸫鸟。将其射杀后，我发现那确实是一张新面孔。它的奇特之处有好几点：又宽又方的尾巴，腿十分长，从脚趾的中指末端到髋关节有 3.75 英寸长，上身为深棕绿色，下身为灰色。后来证实，这是一只灰颊夜鸫，由贝尔德教授[1]命名并首次描述。但我们对这种鸟似乎了解甚少，只知道其繁衍生长于极北地区，甚至可以北延至北冰洋沿岸地区。看来如果我想听到它的歌声得走相当长的一段路了。

正如同我上述提及的那样，我当季在华盛顿州附近见到了这么一对灰颊夜鸫。就体形而言，这种鸟和棕林鸫差不多大，比隐夜鸫

① 斯宾塞·富勒顿·贝尔德（Spencer Fullerton Baird，1823—1887），美国博物学家、鸟类学家和鱼类学家。贝尔德教授是《北美鸟类史》的主要作者，该书发行于 1874 年，在今天的鸟类学领域中仍占据重要地位。

和棕夜鸫都大；与同科的其他种类不同，这种鸟通体羽毛毫无黄褐色或黄色。另一次满足感是源于我遇见了一只黄眉灶莺。这种鸟是橙顶灶莺的嫡系表亲，也是白眉灶莺的半个兄弟。我在特拉华河流域中的一处偏远的山中湖泊的入水口处发现了它，很显然，它已然在那儿安家，因为它通常都在极北的地方繁衍生息。它的叫声强劲而清晰，一听就可以辨出其同属鸟类的特征。尽管似乎人人都知道这种鸟，但我并没有在任何书中找到关于这种鸟的描述。

近些年来的作家和探险家给奥杜邦的鸟类名单上新添了超过三百种鸟，而数量如此之多的新品种大多都是于新大陆的北部和西部发现的。奥杜邦的观察范围主要集中在大西洋沿岸、墨西哥湾沿岸各州及附近的岛屿，因此他对西部及太平洋沿岸的鸟类所知甚少，在他的作品中只是稍有提及。

杂色鸫
varied thrush

顺便一提，许多西部的鸟看上去只是东部鸟类的“复制品”，这有些令人惊奇。比如说，西部的杂色鸫就是我们这里的旅鸫，只不过一些特征上稍有不同；而西部的红翅啄木鸟就是我们这里的北扑翅鴷，或称高洞鸟，只不过颜色由黄变成了红色。另外还有西部版本的黑顶山雀、东唧鹀、冠蓝鸦、草地鹨、暗眼灯草鹀、东蓝鸲、歌带鹀、披肩榛鸡、山齿鹑、鸡鹰等。

在所有的西部鸟类中，最引人注目的要数一种生活在达科他平原上的百灵，这种鸟可以飞至三四百英尺高的高空，从那里向下倾吐自己欢乐的音符。很明显，它与我们东部的几种鸟有着亲缘关系。

有一年九月，我的一位笔友从乡下写信告诉我说：“我最近在这里发现了一个新品种。它们不仅栖在地面上，还会栖在建筑物和篱笆上。这是一种走禽。”几天后他捕获了一只这样的鸟，然后将它的毛皮寄给了我。结果正如我所料，那是一只黄腹鹨，一种体态纤细的褐色鸟，体形和鹀鸟差不多大，通常于春秋两季横穿美洲大陆，在极北的栖息地与南部地区间来回往返。通常情况下，它们三两成群，或是以一个松散的小分队形式出现，在河岸及耕地里觅食。当它们飞起时，便可以看见其尾巴中的两三根白色尾羽，这点和田雀鹀一样。飞行时，每飞过几杆距离便会发出一声啼鸣或尖叫。它们通常在拉布拉多地区荒凉而覆满苔藓的石头间繁育后代，但据说也有人在佛蒙特州发现过这种鸟的鸟蛋，另外我确信八月里我曾在阿迪朗达克山区见到过这种鸟。雄鸟直冲云霄，像所有百灵那样，唱着简短但旋律优美的曲调。这种鸟确实是走禽。这是只有我们为数不多的集中陆禽的特征。迄今为止，研究者发现多数陆禽都是跃行者。可以回想一下暗眼灯草鹀的足迹，它们不像短嘴鸦或披肩榛鸡的足迹那样一前一后，反倒是并排着的。鹀鸟、鸫鸟、莺鸟、啄木鸟、美洲雀等皆是如此，它们都是跃行者。另一方面，所有水禽或半水栖的鸟类都是走禽。而像鸻、鹬和沙锥这种，全都跑得飞快。陆禽之中，披肩榛鸡、旅鸽、山齿鹑、角百灵以及各类乌鸫都属走禽；当然，燕子在用到脚走路时也算是走禽，不过它们通常走得十分笨拙。而百灵走路又轻松又优雅，你只要看看整天在草地上昂首阔步的

山齿鹑
northern bobwhite

东草地鹨就知道了。

除了是走禽之外，角百灵或是所有与角百灵同源的鸟类都喜欢边飞边唱歌，它们通常停悬或盘旋于空中，翅膀轻轻颤抖。在当季的初期阶段，东草地鹨时不时这么做，而每当这种时候，它那悠长的鸣声或哨音便会变成丰富而含情脉脉的鸣啭。

刺歌雀也具有上述这两种特征，而且，尽管在形态与体格方面与百灵鸟有诸多差异，但它其实非常像书本上描述的英国百灵鸟，并且毋庸置疑地，其歌声也完全可以与之媲美。

在我们这里的小型林鸟中，有三种鸟既是走禽，又或多或少喜欢在飞行时歌唱，即我之前提到的两种灶莺，以及橙顶灶莺。后者最为常见，几乎没有哪位鸟类观察者会没见过其流畅轻松的步伐。橙顶灶莺身上还具备另一种角百灵的特征，即一边飞行一边歌唱，似乎还没有被其他的博物学家观察到。不过，这是一个毋庸置疑的特征，任何人只要在六月的下午或傍晚，在这片鸟儿频繁出没的林子里待上半小时，便可体会到这一说法的真实性。日落后，我经常可以听见其歌声，可是在绚烂的天空下，难以找出这位欢快的歌者。我知道一座山顶裸露的高山，傍晚时分我坐在山上，几乎时时刻刻都能听到这种鸟的欢唱。有时候，那些鸟远远地在我下方，有时候又近在咫尺，不过这些歌者更常盘旋于距山顶百余尺高的高空之上。它从开阔地一侧的树上飞起，一下飞到最高点，再俯冲而下落至另一侧。一曲完毕后，它下落得十分迅速，与黄腹鹨偏离空中航线而下，然后陡然落至地面的动作一模一样。

几年前，我第一次证实了这一观察。实际上，这种鸟的歌声我早已十分熟悉，不过一直不知道创作者是谁，因此好奇心强烈。后来，在一个新叶初展的夜晚，我漫步在树林中，我看见离我只有几杆处就有一只这样的鸟。我喃喃自语道："来吧，快来吧，如果真的是你，那就快现身吧，我可就是为了找到你而来的。"而这时，它忽然飞起，半飞半跃，穿过树枝，发出第一声尖叫。我的视线紧追着它，看着它飞上高空，在林子上面盘旋，又看着它俯冲而下，钻入树丛之中，几乎落在与它起飞时完全相同的位置。

鸟一生中最重大的问题便是食物，那我们的这些带羽邻居所面临的最严峻的时刻也许就是在早春时节，在那个时候大自然为防止食物短缺而储存在它们身体里的脂肪早已消耗殆尽，而那一时候所面临的季节突发性严峻变化又对它们的精力提出了不同寻常的要求。毫无疑问地，许多早归的鸟都死于了饥饿和当季酷寒的天气。三月里的一天，我遇见了一群树雀鹀，很明显它们消瘦了许多，其中一只较虚弱的被我一把抓在了手里。

今年三月的第一个星期，一场强烈的寒潮逼得东蓝鸲不得不纷纷躲进房屋和外屋之中。黑夜逼近，冷风更加肆虐，寒意也愈加逼人，这群可怜的小家伙们似乎焦虑不安，满心戒备；若是在城郊，便徘徊于门窗前，悄悄躲在百叶窗后，紧扒着天沟，藏在屋檐下，或是挨家挨户徒劳地寻觅一处可以躲避严寒的安全地带。街上有一个水泵，其把手的正上方有一个小小的开口，于是这个小洞便成了对它们而言难以抗拒的诱惑。虽然它们也意识到这里可能并不安全——其中几只刚刚钻进水泵内部，也就六到八只吧，便又急急忙忙地冲了出来，像是感觉到有什么危险正在逼近。它们一次次飞进这个小洞，又一次次飞出，混杂的蓝色和褐色一次次将洞填满，却又一次次置空。过了一会，似乎像是确认完毕，它们待在洞内的时间比之前长了一些，而这时我突然出手，捉住了三只在水泵机盒内找到一处更温暖、更安全过夜之所的鸟儿。

到了秋天，所有鸟儿和家禽都变得非常肥硕。松鼠和老鼠靠其之前储存在窝里和隐秘处的食物为生，而鸟类呢，有相当多的一部分，尤其是在我们这里过冬的鸟儿，以脂肪组织的形式在它们自身机体中储存了等量的食物。有一年十二月，我猎杀了一只赤肩鵟，在剥除它的皮时，我发现它的身体被一层厚达四分之一英寸的脂肪层完全地包裹起来，看不见一点肌肉。事实上，这层脂肪不仅可以抵御严寒，还能在食物短缺或消耗殆尽后为机体提供消耗所需的能量。

短嘴鸦在这个季节也面临同样的状况。据估计，一只短嘴鸦一天至少需要进食半磅肉，但显然在长达数周甚至数月的冬季与春季里，他们必须靠着远远少于此数量的食物维持生计。我甚至完全相信，秋天里一只短嘴鸦或鹰，即便粒米未进也可以活上两个星期，家禽也是如此。有一年一月，我无意地将一只母鸡关在了外屋的地板隔层下，那里一丁点儿食物也没有，而且对严寒的环境也无丝毫遮挡。大约过了十八天后，这只倒霉的家伙才被发现，它依然活蹦乱跳着，只是瘦得可怕，轻得如同一根羽毛般，仿佛一阵微风便能将它吹走。但经过一阵精心的喂养后，它很快便又恢复如初。

严寒迫使东蓝鸲鼓起勇气接近人类的事实，体现了鸟类对人类的害怕，虽然现在看来，这似乎像是鸟类的天性，但其实这显然是一种后天习得的特征，并非是它们在原始的自然下固有的。每一个猎人都会懊恼地察觉到，鸽子在经过好几天被人捕捉的经历后会变得多么狂野；同时他们又会欣喜地发现，当他们初次踏入一片全新或不熟悉的森林中，能够多么轻而易举地接近他的猎物。

美国白栎
white oak
灰噪鸦
grey jay

贝尔德教授[①]告诉我，他们的一位通信员为了采集标本，前往了太平洋上一座距圣卢卡斯角[②]约两百英里的海岛。这座小岛方圆不过几英里，人类登岛的次数也不过五六次。这位博物学家发现那里的鸟类和水禽极其温顺，用弹药进行射杀简直是一种浪费；只需要在一根长木棍的末端绑上索套，套上它们的脖子然后拉过来就行了，有时候甚至连这样的工具也不需要。尤其是一种纯种嘲鸫，体形比我们这里的都大，而且唱歌极其动听，完全不怕生，在这位通信员写字的桌上跳来跳去，将纸笔弄得一团乱。后来，通信员共在岛上找到十八种鸟，其中有十二种为这座岛所独有。

① 当时他在史密森学会身居要职。原注。

② 圣卢卡斯角（Cape St. Lucas）：位于墨西哥下加利福尼亚（Baja California）半岛的最南端，当地人说“到了圣卢卡斯角，就到了地球的尽头”。

梭罗曾提到，在缅因州森林里，灰噪鸦有时会和伐木工一起用餐，还会直接从他们的手中夺走食物。

不过，尽管鸟类现在视人类为天敌，但不可否认，社会文明对鸟类的繁衍与永恒存在有利无弊，尤其是对那些弱势种类来说。人类的发展带来了苍蝇和蛾子，也使得各类昆虫的数量急剧增加；新的植物和杂草被引进，在人类垦荒之后，其播种面积也大大扩张。

从北方迁徙到我们这里的角百灵和雪鹀，几乎全靠草和植物的种子存活；而在我们更加熟悉、数量也更丰富的鸟类中，又有多少只愿意在田野中活动而完全不踏进深林呢？

在欧洲，许多鸟类已经几乎被驯化，就像家麻雀；而在我们国家，美洲燕筑巢时已经完全舍弃了岩架和倾斜岩壁，通常将巢筑在屋檐或农场与其他外屋的凸起处。

在认识绝大部分陆禽后，还有海边以及那里的宝物等待我们发现。人类对水禽的了解少得可怜，即便人们已经仔细阅读了这方面的权威著作，这一现状还是没有改变。最近发生的一件事使我再次深深地认识到这一点：我在纽约州的内陆地区度假，突然

乌燕鸥
sooty tern

有一天，一个陌生男人手拿着雪茄盒出现在我家门前，当时我坐在门廊上，他瞧见后便向我走来。我刚想对他说我不抽烟，向我推销雪茄是在浪费时间，便听到他开口了，因为听说我对鸟类有所研究，便带来了一只让我瞧瞧。他说这只鸟是他几小时前在村子附近的一片干草地里捡到的，可是没人认识这种鸟。在他打开盒子的时候，我心想这一定是这一带非常罕见的鸟，也许是玫胸白斑翅雀，也或者是雪松太平鸟。因此，你可以试想一下，当我见到的是一只形似燕子的鸟时，会是多么惊讶。这只鸟的体形和旅鸽差不多，尾翼分叉，上半身乌黑发亮，下半身洁白如雪。它的足呈半蹼状，羽翼纤长优雅，一看就知道是一只海鸟。而至于它的名字或栖息地，我需要查阅奥杜邦的书籍或是一些大型收藏集后，才能给出确切答案。

这只鸟因精疲力竭而掉在草甸上，被捡起时刚刚断气。这里距离海边少说也有一百五十英里，也就是说，这只鸟飞行了这么远来到了这里。这是栖息在佛罗里达群岛的乌燕鸥，它竟然会现身于如此靠北且深入内陆的地方，这着实让人惊奇。在剥除它的皮时，我发现这个小家伙瘦得可怕，毫无疑问，它由于长途飞行而死于饥饿。又是一个伊卡洛斯[①]。强大的飞行能力令其勇敢无畏且热爱冒险，却因为超出其飞行能力的承受范围，而不得不在返回前忍受饥饿。

① 伊卡洛斯（Icarus）是希腊神话中巧匠代达罗斯（Daedalus）的儿子，在与其父使用蜡和羽毛造的翼逃离克里特岛时，他因飞得太高，双翼上的蜡遇太阳融化跌落水中丧生，被埋葬在一个海岛上。

由于其纤细的体形及出色的飞行能力，乌燕鸥有时也被称为海燕。它几乎整天都在海上飞行，从海面觅得食物。若是将燕鸥细分，其种类繁多，有好几种美得惊人。